みとりねこ

有川ひろ

講談社

目次

装丁　カマベヨシヒコ
装画　村上　勉
挿画　徒花スクモ（宮澤ひしを）

みとりねこ

ハチジカン

～旅猫リポート外伝～

＊

彼が目覚めると箱の中だった。

見回すと、一緒に生まれたきょうだいが一匹いた。白いふわふわの産毛にところどころ三毛のぶちが散っている。同じような柄のきょうだいがもっとたくさんいたはずだが、箱の中には彼とその一匹しかいなかった。

箱の天井はゆるく閉められている。隙間から光が差している。

鳴けば母猫が来てくれるはずだ。彼はみゃーみゃーと声を張り上げた。釣られてきょうだい猫も鳴きだした。

やがて箱の天井が開いた。覗き込んだのは母猫ではなかった。見慣れない少年だ。頭の後ろに抜けるような青空が広がっている。

少年は慄くような表情で、ただ黙って箱の中を見つめていた。

そこへ——

「わー、ねこ！」

開けっぴろげな声が降った。少年の後ろからもう一人少年が覗き込む。

「どうしたの、これ」

「ここに置いてあったんだ」

「うわー、かわいー」

後から来た少年が箱の中に手を伸ばし、彼やきょうだい猫の産毛を指でなでた。すると最初の少年も釣られたようになではじめる。

「……持ってみる?」

切り出したのは後から来た少年だ。そして少年は両の手のひらをお椀にして彼をすくい上げた。最初の少年もきょうだい猫を同じように手のひらに載せる。

「捨てられたのかな」

後から来た少年に「多分ね」と最初の少年が答える。「ひどいね」と呟いたのは二人ともだ。

「そろそろ行かなきゃ。スイミングに遅れちゃう」

「そうだね。行かなきゃね」

そんなことを呟き合って、しかし少年たちはなかなか腰を上げない。

最後までぐずぐずしていたのは後から来た少年だった。

「ほら、サトル」

最初の少年にそうせっつかれて、サトルと呼ばれた少年は渋々彼を手放した。

そうして少年たちのばたばた駆けていく足音が遠くに消えた。

それから程なく、箱の中に影が差した。今度は黄色い帽子を被った少女たちが覗いている。

「かわいいー!」

はしゃいだ声が降ってきた。そして無遠慮に伸びてきた手が抱き上げる。きょうだいも同じく抱かれたようだ。

「捨てられたのかなぁ、かわいそう」

「わたし、家に連れて帰っちゃおうかな」

「○○ちゃんのおうち、猫飼ってくれるの？」

「分かんないけど……かわいいもん。お母さんだってきっと見たら許してくれると思う」

「えー、じゃあ○○ちゃんが飼えたら遊ばせてね」

「いいよ！　ねえ、どっちがいいかな。どっちがかわいい？」

そして少女たちは、二匹を比べはじめた。一匹ずつ持ち上げたり引っくり返したり。

「こっちにしようかな」

「えー、そっち？　しっぽが曲がってるよ、変だよ」

「そう？　じゃあこっちにする」

少女が彼を箱の中に下ろして、きょうだいを取り上げた。くきっと先が曲がった彼のしっぽと違って、きょうだいのしっぽはまっすぐだった。

そうして、きょうだい猫はそのまま帰ってこなかった。

ひとりぼっちになると急に心細さがこみ上げてきた。ぴゃーぴゃーと鳴き喚く。今まではそうすると母猫がひらりと飛んできたものだが、どれだけ鳴いても母猫は現れなかった。

やがて疲れてしまい、声もだんだん小さくなった。とろとろと眠気が襲ってきた。いつの間に丸くなって眠りに落ちたのかは覚えていない。

ぼそぼそと喋る声で目が覚めた。降ってくる声を見上げると、スイミングがどうこうと言って去っていった少年たちだ。

「もう一匹はどうしたのかな」

どうやら連れ去られたきょうだい猫のことを言っているらしい。

飼えないかなぁ、飼えたらいいのになぁ――口々にそんなことを呟きながら、少年たちは彼をじっと見つめていた。

やがて、サトルと呼ばれていたほうが決意を籠めた口調で呟いた。

「……僕、お母さんに頼んでみる」

「ずるいぞ！」

詰《なじ》るような強い声に、サトルが怯いた。詰った少年がうろたえながら付け加える。

「……だって、僕が先に見つけたのに」

ごめん、とサトルが謝った。

「コーちゃんが先に見つけたんだからコーちゃんの猫だよね」

そしてコーちゃんと呼ばれた少年は、彼を箱ごと抱えて家に帰った。だが、

「駄目だ駄目だ、猫なんか！」

コーちゃんがお父さんと呼んだ男は、彼を家に迎え入れるつもりはないようだった。

コーちゃんは随分粘っていたが、とうとう諦めた。泣きながら彼の入った箱を抱えて家を出る。

どうやら彼はまた外に置きに行かれるらしい。

そしてコーちゃんが向かった先はサトルの家だった。

「どうしたの、コーちゃん」

「猫、お父さんが駄目だって……」

しゃくり上げるコーちゃんに、サトルは「分かった」と言った。

「任せて、僕にいい考えがあるから！」

サトルはコーちゃんを引っ張って家を出た。どこに行くのかと家の中から呼び止める声に元気潑剌「コーちゃんとちょっと家出してくるから！」と言い残す。

作戦があるんだ、とサトルが興奮した口調でまくし立てる。

「こないだ学校の本で読んだんだ。子犬を拾った男の子が元の場所に捨ててこいってお父さんに怒られるんだけど、どうしても捨てられなくて家出するの。そうしたら夜中にお父さんが捜しにきて、飼うんだったら自分でちゃんと面倒見るんだぞって最後に許してくれるんだ」

だからコーちゃんも猫を連れて家出すればいい――ということらしい。コーちゃんはそんなにうまくいくのかと疑っているようだったが、熱心なサトルに押し切られた。

サトルとコーちゃんは公園でお菓子をかじり、彼には猫缶が与えられた。滋養豊かな味のする練り餌だ。おなかが空いていたのでがつがつ食べた。練り餌に鼻を突っ込んでくしゃみをすると、サトルもコーちゃんもおかしそうに笑った。

しかし、サトルの作戦は思ったようには運ばなかった。

「こらっ！」

怒鳴り声はコーちゃんのお父さんだった。いつまでふて腐れてるんだ、いいかげん帰ってこい、というようなことをまくし立てている。

「敵だ！　逃げろ！」

サトルの号令で、箱がめちゃくちゃに揺すぶられた。二人が箱を抱えて駆け出したのだ。

彼は箱の中をころんころんと転げ回り、天地がどちらかも分からなくなった。

ようやく揺すぶられるのが収まって、箱の天井が開けられた。二人が心配そうに覗き込む。

「大丈夫かな、いっぱい揺すっちゃったけど」

これ以上揺すられてはかなわない。彼は全力で抗議した。——ぴゃう！

「猫の声がしたぞ！」

「屋上だ！」

大人たちの声に混じって、一際大きなコーちゃんのお父さんの怒鳴り声がする。

「コースケ、いいかげんにしないか！」

怒り狂っているその声に、コーちゃんのほうは泣き声になった。

「全然うまくいかなかったじゃないか、サトルのうそつき！」

「いや、まだ分からないよ！　ここから大逆転——」

「できるわけないだろ！」

仲間割れが始まった。その間にも追手の大人たちは二人を捕まえる相談をしているようだ。

「あそこの非常階段から登れますよ」

どうやら怒り狂ったコーちゃんのお父さんが登ってくるらしい。

「もうダメだぁ！」

何がどう駄目なのかは不明だが、彼としてはこれ以上揺すられないのなら何でもよかった。

と、サトルが大声を張り上げた。

「来るな————！　来たら飛び降りるぞ————————！」

大人たちからどよめきが湧き上がった。

「ってコーちゃんが言ってま――――――す！」

「えぇーっ⁉」

どうやらコーちゃんの意志に反する宣言だったらしい。勝手に何言ってんだよ、とコーちゃんがサトルを詰り、また二人が揉める。

「サトル、今のホントなの⁉」

「ホントホント！　今、靴脱いだ！」

ぎゃーっと大人たちがまたどよめく。

「ふざけるな！」

怒鳴ったのはまたコーちゃんのお父さんだ。

「駄々を捏ねるのもいいかげんにしろ、今すぐ行って引きずり下ろしてやる！」

「ダメだよおじさん、コーちゃんの決意は固いんだ！　来たら猫と一緒に心中する覚悟だよ！」

心中というのがどういう行動か分からないが、どうやら彼も巻き添えになりそうな雲行きだ。

そして巻き添えになった彼の身に良いことが起こるとはあまり思えない。逃げたほうがいい、と本能が囁いていたが、箱の壁は彼が自力で乗り越えるにはあまりにも高かった。

二人はといえば何やら言い争っている。

「勝手に僕の命を賭けないでくれる⁉」

「だってコーちゃん、猫飼いたいんだろ⁉」

「そりゃ飼いたかったけど……！」

言葉に詰まったコーちゃんが癇癪を起こしたように喚いた。

「ていうか！　まずサトルんちで飼えないかどうか頼んでくれてもいいんじゃないの⁉」

えっ？　とサトルが息を飲んだ。

「僕が猫もらってよかったの⁉」

「フッーは友達と猫を心中させるより先にそっちを考えないかなぁ⁉」

「何だ、それでいいんだったら早く言ってよ！」

——結果として彼はサトルの家の猫になった。

家に帰ってから、サトルはお父さんとお母さんにたくさん怒られた。

サトルは怒られながらたくさんごはんを食べた。

彼も皿に盛られた猫缶をたくさん食べた。食べているうちに練り餌はどんどん皿の隅に逃げ、残った数口分がなかなか食べきれない。すると、お母さんが残った餌を指でまとめて食べさせてくれた。

食べ終わった口の周りを掃除していると、サトルのほうはお説教とごはんが終わったらしい。

「二ヶ月くらいかしらね」

言いつつお母さんが彼の耳の後ろを掻いた。まるで母猫に舐められているようで、思わず喉がごろごろ鳴った。

「わー、鳴ってる」

サトルが目を丸くして見つめる。

「気持ちがいいと喉が鳴るのよ」

へえー、と頷くサトルに、お母さんは「ほら、ここも」と顎の下を指先でさすった。サトルも真似したが、サトルはお母さんに比べるとぎこちなくてまだまだだ。

「カギしっぽなのね」

「カギしっぽって？」

「先がカギみたいに曲がってるでしょう」

お母さんが彼のしっぽの曲がりを指でたどる。途中でくきっと曲がっているこのしっぽのせいで、昼間の女の子たちは彼を選ばなかった。この家では別段問題ないらしい。

「名前をつけてやらなきゃな」

お父さんがそう言うと、サトルがハイハイハイとやかましく手を挙げた。

「ランボルギーニ！　ランボルギーニ！」

「長くて呼びにくいわよ」

「マクラーレン！　マクラーレン！」

「車の名前から離れる！」

「かっこいいのに！」

サトルとお母さんが言い合いになってしまい、お父さんが仲裁に入った。

「お父さんは横文字よりも和風の名前がいいな、親しみやすいから。ブチ模様だからブチはどうかな？」

「やだ、安直」

お母さんにたちまちやっつけられて、お父さんはしょんぼりしてしまった。

サトルがじっと彼の顔を見つめる。——そして、

「ハチは？」

お父さんとお母さんが目をぱちくりさせた。

「ほら、おでこに漢字の八の形に模様が入ってるから」

「安直さではおっつかっつねぇ」

お母さんは「男の子って父親に似るのかしら」とお父さんを見やり、お父さんは居心地悪そうに身じろぎした。

「でも、同じ安直でもサトルのほうが一捻りあるわね。末広がりで縁起もいいし」

それで決まった。サトルが彼を抱き上げて、彼の鼻に自分の鼻をくっつけた。

「ハチ！　お前の名前はハチだよ！　返事してごらん、ハチ」

ニャア、と鳴くとサトルの顔がぱぁっと輝いた。ほっぺたがぴかぴかだ。

「返事したよ！　分かるんだね！」

サトルがぴかぴかのほっぺで頬ずりする。

そうして彼はサトルの家のハチになった。

＊

母猫やきょうだい猫と過ごした以前の家はうっすらと覚えていたが、サトルの家に来て三日ですっかり忘れた。

コーちゃんは毎日のように家に遊びに来た。その日はおみやげにねこじゃらしを持ってきた。

「昨日、スーパーでお母さんに買ってもらったんだ。じゃらしの部分がウサギの毛なんだって」

そしてコーちゃんがハチの前でねこじゃらしを振った。グレーの毛皮のじゃらし部分が目の前で激しく左右する。

目まぐるしいことは目まぐるしいが、逆に動きが単調であまりわくわくしない。

「それじゃだめだよ」

サトルがコーちゃんのねこじゃらしを取り上げた。座布団の下からじゃらしの先をちょっぴり覗かせ、ツツッと動かしピタッと止める。そしてまたツツッ。

反射的にお尻が持ち上がった。曲がったしっぽをピピピと振って身を伏せる。とうっと足元を蹴って飛び、じゃらしを前足で押さえた！　——と思ったら、グレーのじゃらしはわずかにハチの手をすり抜けて少し先で揺れている。

またとうっと飛ぶと、今度はすばやく座布団に潜って消える。消えたと思うと背後にちょろりと顔を覗かせ、ハチは夢中で体をかわして飛びついた。だが、あと少しというところでじゃらしはハチの手をすり抜け、なかなか捕まらない。

コーちゃんが感心したように溜息を吐く。

「上手いなぁ、サトル」

「へへー」

サトルは自慢気だが、サトルのじゃらし捌きはお母さん仕込みだ。お母さんはもっと上手い。子供の頃、猫を飼っていたのだという。

「やり方分かった、ちょっとやらせて」

コーちゃんがリベンジしにきた。サトルの真似をしてじゃらしを動かすが、――コーちゃんの動きはやっぱりちょっと速すぎた。じゃらしを追って目は動くのだが、飛びかかるタイミングが摑めない。

「もっとゆっくりやってあげて」

「もしかして、ハチってちょっと鈍くさい？」

「違うよ、ハチはおっとりしてるんだよ」

おっとりしている、という言い方はお父さんとお母さんが言っていた。鈍くさいと似たような意味だが、もっと優しい言い方らしい。

コーちゃんはじゃらしを左右に動かすのをやめて、座布団の同じ場所で先をちょろちょろ出したり入れたりした。左右のフェイントがないので、ハチにはこちらのほうが捕まえやすい。

「おやつよー」

お母さんが持ってきたのは白いほこほこの蒸しパンだ。コーちゃんはおやつに気が逸れたのかじゃらしの動きが鈍くなり、ハチはその隙を衝いてはっしとグレーの毛皮を捕まえた。根元から丹念に嚙み上げて楽しむ。

「干しぶどうは？」

「いつもいつもは入りません」

えー、と唇を尖らせたサトルに、お母さんは「文句言わない」とデコピンした。

「僕、ココアのが好き」

そう言ったのはコーちゃんだ。ココア色の蒸しパンもよく出てくるおやつだ。お母さんが蒸しパンの素にココアを混ぜる。

「ココアも品切れ！　出てきたものを黙って食べなさーい」

コーちゃんにもデコピンが来た。コーちゃんはデコピンされて嬉しそうだ。

二人がおやつに取りかかって、ねこじゃらしはまったく動かなくなってしまった。つまらないのでサトルの爪先に飛びかかってかじる。

「いたっ！　やめろよ、もうー」

逃げた爪先を追いかけると、サトルが「分かった分かった」と立ち上がった。ハチのオモチャを入れてある布のボックスを掻き回し、ネズミのオモチャを取り出す。白い毛皮のネズミには、細い革のしっぽがついている。

「ほーら、これ好きだろ？」

サトルは革のしっぽの先をつまんでくるくるネズミを振り回した。

「そらっ！」

廊下にぽーんと放り投げる。ハチは夢中で追いかけた。追い着いてばしっと叩くとつるつるの廊下に滑り、滑ったのをまた叩くと別の方向へ逃げる。

「ハチ、あのネズミ好きだよね」

「あのネズミだとひとりでしばらく遊んでくれるんだよね」

「本物のネズミも獲れるのかな？」

「さあ……」

コーちゃんの疑問は季節が一つ過ぎた頃に解消した。

「やだ、ネズミ！」

押し入れの片付けをしていたお母さんが悲鳴を上げた。天袋を開けたら飛び出してきたらしい。

ネズミはサーッと部屋を横切って、歩いていたハチと出くわした。

「ハチ、捕まえて！」

そんなことを言われても、いつもの白いネズミの三倍ほども大きかった。色も薄汚れたグレーだ。

何より、放り投げなくても叩かなくても勝手に動く。こんなネズミは今まで見たことがない。

どうしたらいいのか分からずに、思わずじりっと後ずさった。

ネズミは迷わずハチの股の間をくぐり抜け、玄関へ逃げた。ひゅっと足元を駆け抜けた空気にびっくりしてぺたんと座り込む。

「外に出しちまおう！」

お父さんが丸めた新聞を持ってドタドタ玄関に駆けていった。

「サトル、ドア閉めて！」

お母さんの声でサトルが居間から廊下に通じるドアを閉め、ハチの前にしゃがみ込んだ。

「猫なのにネズミに負けるなんて情けないなぁ」

ハチとしては不本意な非難である。あれはハチの知っているネズミではない。

「まあ、生まれて初めて見るネズミだものね。ハチは箱入り猫だし」

だからあれはネズミじゃない。ハチはニャアと抗議したが、サトルもお母さんも取り合わない。

「おーい、外に出したぞ」

お父さんが戻ってきた。

「ネズミにトンネルされちゃったな、ハチ」

お父さんが慰めるようにハチの頭をわしわし撫でる。あれはネズミじゃないのに、と言っても誰も聞いてくれそうにない。

「うちはネズミが出ても猫が役に立たないわね」

もういい。ハチはソファの隅っこで丸まった。

話の分からない家族には付き合っていられない。

「いいさいいさ、うちは猫を飼ってるんじゃなくてハチを飼ってるんだから」

「ハチ、拗ねちゃった？」

サトルがやってきてハチを撫でる。今さら遅い。

「いいんだよ、ネズミが獲れなくっても。ハチはうちの大事な猫なんだから」

しばらくむくれているつもりだったが、耳の後ろを掻いたり顎を撫でたり一生懸命機嫌を取るサトルに根負けして、そのうち喉がゴロゴロ鳴りだしてしまった。


拾われた頃は大きいお兄ちゃんだったサトルが、いつのまにか自分よりも子供になった。猫の時間と人の時間は進み方が違うらしい。猫のほうがだいぶ早いと気づいた頃には、ハチはサトルを追い越してすっかり大人になっていた。

ねこじゃらしもネズミも子猫の頃ほどそそられない。サトルが誘っても気分が乗らないことも増えてきた。

「拾ってきたときはこんなに小さかったのにね」

コーちゃんが両手で作った器は握り拳が一個入るくらいだ。いくら何でもそれよりはもう少し大きかったと思うが、小さい思い出が強調されているらしい。きっと、子供だから記憶が何でも極端に焼き付いているのだろう。ハチも子猫の頃はサトルが小山のように大きく見えたものだ。

サトルとコーちゃんは、ハチに比べてゆっくりゆっくり大きくなっている。猫は一年経ったら生まれたときの何倍も大きくなるのに、二人は一年かけて身長が何センチかしか伸びない。

二人は大人になるのに一体何年かける気だろう、とても不思議だ。

ハチが拾われてから二回目の春が巡ってきた。

二人の背負っている黒いランドセルがいつのまにか少し窮屈そうになっている。毎日じぃっと眺めていても全然分からないのに、ぼぉっとしていてふと気がつくと手足が健やかに伸びている。

春が過ぎて初夏が来て、サトルが金色のトロフィーを持って帰ってきた。昔からたまに持って帰ってくるが、これほど大きいのは初めてだ。

その日の晩ごはんはサトルの好きなものばかりだった。唐揚げにポテトサラダにお持ち帰りのわさび抜きのお寿司。桶の三分の一が玉子だ。

ハチにも大盤振舞いでささみの蒸したのが回ってきた。

ごはんの前に、サトルはジュースで、お父さんとお母さんはビールで乾杯した。

「優勝おめでとう、サトル!」

コーちゃんと一緒に通っているスイミングスクールで水泳の大会に出たらしい。今までの中で一番大きな大会で、サトルは一等賞だった。

「すごいなぁ、サトルは。お父さんは小学生の頃、二十五メートルしか泳げなかったぞ」

「仕方ないわよ、私たち北海道生まれだもの」

お母さんの言い分によると、北海道は夏でも海や川の水が冷たいので泳ぐ機会が少なく、水泳が得意な人がそんなに多くないらしい。

「スイミングの先生が中学に上がってもぜひ続けてほしいって言ってたわ。どうする？」

サトルはお母さんの唐揚げに夢中で上の空だ。もう三つも食べている。合間には玉子のお寿司を挟んでいる。

「んー……コーちゃんも一緒なら」

上の空で答えながら四つ目の唐揚げにかぶりつく。コーちゃんのほうはといえば、あまり泳ぐのが得意じゃないらしい。今日の大会も応援だったそうだ。

「中学なら水泳部もあるんじゃないか？」

お父さんが水を向けるが、それもサトルは「コーちゃんと一緒なら」と玉子のお寿司だ。

「コーちゃんはやるって言ってるの？」

「まだ分かんないって」

サトルにとってスイミングの魅力は、コーちゃんと一緒かどうかという一点に尽きるらしい。

お父さんはサトルがあまり熱心じゃないのが惜しそうだったが、

「まあ、サトルが続けたかったら続けたらいいさ」

そう言ってお母さんに空いてしまった瓶ビールのお代わりをおねだりしていた。「出納係！」と拝むお父さんに、お母さんは笑いながら台所に立った。

サトルがさすがに玉子に飽きたのか、まぐろのお寿司を取った。ハチがその袖にちょいちょいと爪をかけると、サトルはまぐろを剝いでハチにくれ、自分はただの酢飯を食べた。

中学でサトルとコーちゃんが水泳を続けるのかどうか分からない。だが、ふと気がつくと手足が健やかに伸びていく二人をこれからずっと見守っていくのだろうなと思った。

きょうだい猫とふたり捨てられて、他のどの家でもなくこの家に来た。それは多分、サトルとコーちゃんがこうしてじわりじわりと大きくなるのを見守るためだったのだろう。

「ハチー」

サトルがごはんを食べるのに飽きたのか、ハチのしっぽに指をかけた。サトルはカギになったしっぽを気に入っていて、しょっちゅうそうやって引っかけにくる。

一緒に捨てられていたきょうだい猫を拾っていった女の子は、しっぽが曲がっているからハチを選ばなかった。

しっぽが曲がっていたことはハチにとって大いなる幸いだった。

*

蒸し風呂のような夏が過ぎて、やがて風が涼しくなった。

そして空が高くなる。

「お母さん、鞄は⁉　今日買ってきてくれるって言ったよね！」

学校から帰ってきたサトルがお母さんにまとわりつく。

「はいはい」

お母さんは笑いながら昼間買ってきたばかりの旅行鞄を出した。青いわしゃわしゃした生地の大きなバッグだ。

「もう荷物詰めていい⁉」

「修学旅行はまだ一週間も先よ」

「でも早く荷物作っといたほうが慌てなくて済むし！」

修学旅行という学校行事はサトルにとって一大イベントらしい。

「三日間の着替えってパンツ何枚⁉」

「二枚でしょ」

「三枚じゃないの⁉」

「初日の分は家から穿いていくでしょ」

お母さんの説明にサトルは何だか納得行かない様子だ。

「でも何か足りなくない？」

「じゃあ三枚持っていけば？　もしおねしょしたとき困るだろうし」

歌うようにからかい声を投げるお母さんに、サトルは顔を真っ赤にして「もうしないよ！」とぽかぽか殴りかかった。

「ずっと昔の話じゃないか！」

確かにサトルの言うとおりだ。サトルが布団に世界地図を描いていたのはハチがまだ子猫の頃だ。その頃はハチもときどきトイレを失敗していた。記憶が薄れているくらい古い古い話である。

ハチがもうトイレを失敗しないように、サトルももう失敗しない。

「おねしょなんかしないけど、何か足りないような気がするだけだよっ！」

「じゃあコーちゃんに聞いてみたら？」

コーちゃんが遊びに来ると、サトルは三日間の着替えはパンツ何枚かという相談を持ちかけ、
二人はお絵かき帳にパンツの絵を描きながら長いこと話し合っていた。

「一日目にお風呂に入って一枚。二日目のお風呂で二枚。三日目は……」

「三日目は家に帰ってくるから要らないんだよ」

コーちゃんは二枚派だったが、サトルが「でも三日なのに」と言うと途端に自信がなさそうだ。

サトルが帳面の隅にパンツの絵を薄い線でいくつも描く。

「だからぁ」

通りがかったお母さんがサトルから鉛筆を取り上げて、一日目のお風呂のパンツの前にパンツを穿いた人の絵を描いた。頭に野球帽らしきものを被っているので男の子らしい。

「最初から穿いてるのが一枚あるでしょ。家から穿いていくパンツと、一日目のお風呂のパンツと、二日目のお風呂のパンツ。ほら、三枚」

お母さんが絵に描いたパンツを指で差しながら数えると、二人はやっと納得の顔になった。

「じゃあ二枚でいいんだね！」

「そうよ」

お母さんは威張ったが、台所に戻って「あらっ」と声を上げた。冷蔵庫に貼ってあるプリントの一枚を見ながら「ごめん、二人とも！」と謝る。

「旅のしおりに予備のパンツを一枚持たせてくださいって書いてあるわ！　やっぱり三枚！」

「ええー⁉」

やっと納得したのを引っくり返されて二人ともブーイングだ。

「じゃあ三日分のパンツって結局何枚なの⁉」

「本来は二枚よ、本来は」

お母さんがやってきて、お絵かき帳の二日目のパンツの後ろにカッコ書きでパンツを付け足す。

「予備で念のために一枚持っていくだけよ」

「念のためって？」

「だからおねしょとか……」

「おねしょしないってば！」

大騒ぎの末、パンツは結局三枚ということで落ち着いたようだ。

「靴下は？　靴下も三足？」

サトルの質問にお母さんはまた旅のしおりを見に行った。

「靴下は別に予備は書いてないわねぇ。二足でいいんじゃないの」

「でも、大雨とかで濡れたりしたら？」

「心配なら三足持っていきなさい」

そしてサトルとコーちゃんは靴下の予備を持っていくかどうかでまた相談を始めた。

猫なら身一つで済むのに、いろいろ身につけなくてはならない人間は何かと大変そうだ。二人の相談を尻目に、ハチは口を大きく開けっぱなしの旅行鞄に潜り込んで丸くなった。

そうしてついに修学旅行の前日になった。

「じゃあ次はー……歯ブラシ！」

「はいっ！」

サトルとコーちゃんが同時に旅行鞄から歯ブラシセットを取り出して、印籠のように掲げる。

何をしているかというと、忘れ物の確認だ。コーちゃんはわざわざそのために鞄を持ってやってきた。

旅のしおりの持ち物をコーちゃんが読み上げ、鞄の中からその品物を取り出して見せ合いっこをする。

「そんなことしてしまい忘れても知らないわよ」

お母さんが洗濯物を取り込みながら声をかけるが、二人は「大丈夫だよ」と聞く耳を持たない。

「パンツは？」

「三枚！」

「靴下は？」

「二足！」

靴下は結局二足で落ち着いたらしい。

荷物を一通り確認して、二人は満足そうに鞄を閉めた。だが、コーちゃんの鞄の陰に歯ブラシセットがひっそり忘れ去られている。

言わんこっちゃない。ハチは歯ブラシをちょいちょい転がした。

「あっ！　コーちゃん、歯ブラシ忘れてるよ！」

サトルに促され、コーちゃんが「危なー！」とハチの手元から歯ブラシを取り上げた。

「だめだよ、ハチ。オモチャじゃないんだから」

忘れ物を教えてあげたのに随分である。むくれて半目になると、サトルが「別ので遊ぼう」とねこじゃらしを持ってきた。

まだちょっとむくれていたが、二人とも三日間いないのだから勘弁してやってもいいかな、という気持ちになった。ハチを怒らせたままで出かけてしまったと旅先で気に病むかもしれない。何といってもサトルとコーちゃんはまだ子供なのだから、おとなの配慮が伝わらなくても仕方がないというものだ。

それにお母さん仕込みのサトルのじゃらし捌きはやっぱり遊び心をそそる。

ツツッと走ってピタッと止まるじゃらしを追いかけて、しばらくどたばた走り回った。途中でコーちゃんも何度か代わり、コーちゃんはやっぱりサトルより少し下手だった。サトルと違って全然捕まえさせてくれないのでつまらない。

「もうごはんの時間になるわよ」

お母さんが台所から声をかけた。

「コーちゃんもそろそろ帰りなさい、明日は修学旅行なんだから。朝の集合、早いでしょ」

「えー、でもせっかくハチがご機嫌なのに」

いえいえ、こちらはお気になさらず——とハチがじゃらしを手放すと、お母さんも口を添えた。

「ハチとはいつでも遊べるでしょ」

「はぁい」

コーちゃんは「またね」とハチの頭をなでて、旅行鞄を抱えて帰った。サトルもコーちゃんを見送ってから、鞄を自分の部屋に片付けた。忘れ物がないか後を点検してあげたハチの親心など二人とも気づきもしない。やっぱりまだまだ子供である。

その日は晩ごはんを食べながらサトルが大はしゃぎだった。

「お父さん、おみやげ何がいい⁉」

「サトルのおみやげだったらお父さんは何でも嬉しいよ」

お父さんは気を利かせたつもりだったらしいが、サトルに「つまんなーい」とやっつけられてしょんぼりしてしまった。

「お母さんは?」

「よーじやのあぶらとり紙買ってきて」

「あぶらとり紙って?」

するとお母さんは席を立ち、いつも使っているお買い物トートからポーチを出した。開けるとコンパクトや口紅が入っている。お母さんがいつも美人になるのに使う道具だ。

お母さんはポーチの中から薄い冊子を取り出した。中には向こうが透けて見えるくらいの紙が綴ってある。

「ほら、こういうの。よーじやのは表に女の人の顔が描いてあるから」

「どんなの?」

「えーと……」

お母さんがメモ用紙に描いたのはヘタウマのこけしみたいな顔だ。サトルがその絵をしげしげと眺める。

「……もっとかわいいのがあったら別のにしてもいい？」

「やだぁ、よーじやがいい」

駄々を捏ねるお母さんに、サトルは「しょうがないなあ」と大人ぶって頷いた。

その晩、サトルはわくわくしてなかなか寝付けないみたいだった。ベッドに入ってから何度も寝返りを打ち、ハチはその度にベッドの上で寝場所を変えなくてはならなかった。

「どうしよう、明日早く起きなきゃいけないのに……」

サトルは枕元の時計を目の前に寄せ、泣きべそ寸前の声を漏らした。そして布団を抜け出す。ハチも心配だったのでついていくと、サトルは部屋を出て居間に向かった。まだ明かりが点いていて、お母さんが起きていた。

「お母さぁん……」

テーブルで書き物をしていたお母さんは「はいはい」と笑って立ち上がった。

台所でしばらくがたごとやって、レンジがチンと鳴る。出てきたのは湯気の立つマグカップだ。温まったミルクがふわっと香る。

遠足の前の日、林間学校の前の日、家族旅行の前の日、いつもわくわくしすぎて眠れなくなるサトルにお母さんが出す「よく眠れるお薬」だ。

「今日は特別に蜂蜜を二杯入れたからね。よく利くわよ」

こくりと頷いたサトルがソファに座ってマグカップをふうふう吹く。

「お母さん、京都行ったことある？」

「何度かね」

「清水寺行った？」

「行った行った。湯豆腐おいしかったわー、サトルも自由行動のとき食べてきたら？」

「お豆腐なんかつまんないよ」

そんなたわいのないことをぽつぽつ喋り、ミルクを飲み終わるとサトルもようやく瞼が重たくなったらしい。

お母さんにおやすみなさいを言って部屋に戻り、ベッドに入ると今度は寝返り数回ですぐ眠りに落ちた。ハチもその足元に丸くなる。

そして翌朝は無事に早起きし、サトルは迎えに来たコーちゃんと元気に出かけていった。

おみやげを持って帰ってくるのは二日後。——そのはずだった。

*

サトルが出かけた日の翌日はざんざん降りの雨だった。

道理でハチの瞼も重い。雨降りは猫に眠気を連れてくる。

朝ごはんだけ食べてハチがソファにとぐろを巻いていると、お父さんがネクタイを締めながら窓の外を窺った。

「どしゃ降りだなぁ、サトルは大丈夫かな？」

「天気予報で西日本は晴れてるって言ってたから」

「ならよかった。向こうもこんな雨だと台無しだもんな。駅まで歩くだけでずぶ濡れだ」

「心配しなくても車で送ってあげるわよ」

お父さんが朝ごはんを食べ終わって背広を羽織り、お母さんはお父さんの食べ終わった食器を台所に下げて洗い桶に浸けた。

そして二人は慌ただしく出て行った。お父さんはハチに行ってきますと言ったが、お母さんは言わなかった。お母さんはすぐに帰ってくるつもりだったのだ。

うんざりするような雨音は弱まる気配をまったく見せない。こういう雨を猫はひたすら眠ってやり過ごす。ざあざあ——うとうと——ざあざあ——うとうと——

絶え間ない水音の合間、柔らかなサイレンが遠く聞こえたのは気のせいだったろうか。

いいだけ眠ってさすがに飽いた。くわぁとあくびを一つして、ハチは背中を弓なりに伸ばした。

そしてソファをトンと飛び下りて台所へ向かう。お腹の空き具合からすると、もうお昼を回っているはずだ。

流しの脇が定位置のエサ皿には、朝の食べ残しのカリカリがそのまま残っていた。物足りない量だが、食べているうちにお母さんが気づいて足してくれるだろうと口をつける。

だが、お皿をすっかり空にしてしまってもお母さんは台所に現れなかった。家の中には雨音がいっぱいに満ちるばかりで、お母さんが動き回っている気配はしない。

訝りながら、しかしひたひた押し寄せる眠気に抗えず、また眠りに落ちる。

ざあざあ——うとうと——ざあざあ——うとうと——うとうと——うとうと——

いつのまにか雨音が弱まった。玄関の鍵が開く音で目が覚めた。

遅いですよ、いいかげんおなかが空きましたよ――出迎えに行くと、入ってきたのはお母さんではなかった。面差しはお母さんに少し似ているが、お母さんよりだいぶ若い。

お母さんの妹に当たる叔母さんだった。何度か遊びに来たことがある。

叔母さんはハチを見て少しびくっとした。猫が恐いらしいということは今までに会っただけで分かっているので、ハチも敢えて近寄らなかった。

「サトル」

叔母さんに促されて、旅行鞄を提げたサトルが玄関の中に入ってきた。

おかえりと膝にすり寄ろうとして、ハチは上がり框に思わず竦んだ。――これは本当にサトルなのか。

顔が真っ白いのっぺらぼうになっていた。

いつもはくるくるとよく表情が変わるのに、ただ目が開いていて口を結んでいるだけだった。

「これに着替えてね」

叔母さんがサトルに紙袋を渡す。サトルはぎこちなく手を伸ばして紙袋を受け取った。まるで油を差していない機械のようだ。ギシギシと関節の軋む音が聞こえるようだ。

自分の部屋へ向かうサトルに、ハチは少し間を空けてついていった。とてもサトルと思えない顔になっていることが恐ろしく、だがそんな顔になってしまったサトルを一人で置いておくわけにはいかない。

叔母さんが渡した紙袋の服は、お父さんがいつも着ているみたいな背広が一式だった。

シャツ以外は上着もズボンもネクタイも真っ黒だった。靴下まで黒いのが入っている。

サトルはカラフルなトレーナーを脱いで、ピンとした白いシャツを着た。ズボンを穿き、上着を羽織り、ホック留めのネクタイをつける。

最後に赤いシマシマの靴下を黒い靴下に履き替える。脱いだ赤いシマシマ靴下をトレーナーの上に投げ、――サトルが急に大きく動いた。

カラフルなトレーナーを蹴飛ばす。上に載っていた赤いシマシマ靴下がよそへ飛んだ。

あまりにも急激な動きに、ハチは肝を潰してベッドの下へ逃げ込んだ。いつもならそんなふうにハチを驚かせるとサトルは「ごめん」と慌てて慰めにくる。だが、このときは違った。ハチのことなど見向きもしない。

サトルはのっぺらぼうの顔のまま、何度もトレーナーを踏みつけ踏みにじった。音を立てないように、しかし激しくトレーナーをいじめ続ける。

まるでこのカラフルなトレーナーが全部悪いんだというように。

コンコンとノックの音がした。

「サトル、準備できた?」

叔母さんの声にサトルはぴたりとトレーナーをいじめるのをやめた。そして何事もなかったかのように部屋を出ていく。

叔母さんも上から下まで真っ黒な服に着替えていた。

「早くお父さんとお母さんのところに行ってあげようね」

こくりと頷いたサトルが叔母さんに連れられて歩き出す。ハチもそろそろ後を追った。

玄関で靴を履いていたサトルが、忘れ物に気づいたように奥へ駆け戻った。向かった先は台所だ。ハチのお皿にカリカリを山のように盛り、水鉢の水を換える。

次にサトルは洗面所に向かった。ハチのトイレの掃除をし、砂を少し注ぎ足す。

のっぺらぼうになってしまっていても、トレーナーを無言でいじめ続けても、やっぱりサトルはサトルだった。ハチはサトルの膝に頭をすりすりくっつけた。サトルは何も言わなかったが、そしてやっぱり顔はのっぺらぼうだったが、少しだけハチの頭をなでてくれた。

出かけるサトルと叔母さんを玄関のドアが閉まるまで見送った。どこへ行くのか知らないが、とても悲しい場所に行くのだということだけは分かった。


サトルは電気を点けていくのは忘れていったので、やがて家の中は真っ暗になってしまった。暗がりの中でカリカリを食べ、水を飲み、後はひたすら眠ってやり過ごす。

サトルが叔母さんに連れられて帰ってきたのは真夜中だった。

ハチが玄関に迎えに出ると、サトルは真っ暗な家の中に慄いているようだった。叔母さんが先に上がって玄関の電気を点けると、ようやく靴を脱いで上がってきた。

叔母さんが廊下、居間、台所と電気を点けていく。サトルは明かりが点いたところから順番に歩いてくる。台所でハチのお皿にカリカリが半分ほど残っているのを見て、水だけ換えてくれた。

サトルと叔母さんは順番にシャワーを使い、ごはんも食べずに眠ってしまった。サトルは自分の部屋へ、叔母さんは居間に布団を出して。

ハチがサトルの部屋へ行くと、部屋の隅にはいじめられたトレーナーがそのままだった。

サトルはベッドに入っていたが、ハチが枕元に飛び乗ると目玉はぽかりと開いていた。電灯の豆電球の明かりを虚ろな穴のような目で眺めていた。

いつものように枕を少しずらしてハチの場所を作ってくれたが、寝息はなかなか聞こえない。やがてハチのほうが先に眠ってしまったので、サトルのぽかりと開いた目がいつ閉じたのかハチは知らない。

翌朝はぱきっと晴れた。カーテンの隙間から力強い光が射し込んでいた。

サトルと叔母さんはまた黒い服に着替えて出かけていった。サトルはハチのお皿にカリカリを山盛りにして、居間の電気だけ点けたままにしていった。

また夜遅くまで帰ってこないのだろう、と思っていたら、その日は違った。

日が暮れた頃、表から獣の吠えるような激しい声が聞こえてきた。退《の》っ引きならない調子の声は徐々に家に近づいてくる。マンションの階段でわぁんと反響してますます響く。

この声はここに帰ってくるのだ。ハチは玄関で座って出迎えた。

ドアを開けたのはコーちゃんだった。吠えるような声で泣くサトルを支え、玄関に入る。

サトルはコーちゃんに支えられ、獣のような声を絞り出しながらよたよたと居間まで歩いた。そして力尽きたように座り込む。

コーちゃんは連れて帰ってきたもののどうしたらいいのか分からないらしい。サトルのそばでおろおろするばかりだ。――ここまで連れて帰ってきてくれたら充分だ。

ハチはサトルの膝に乗った。やがて、サトルがハチの頬に手を添えた。その手を丁寧に丁寧に舐める。

大丈夫だよ、大丈夫だよ、大丈夫だよ。

ここにいるよ、ここにいるよ、ここにいるよ。

ずっとずっと根気強く舐め続けると、やがてサトルの吠え声は疲れ果てたように小さくなっていった。

＊

お父さんとお母さんは二つの小さな白い壺に入って帰ってきた。

サトルは叔母さんに引き取られて引っ越すことになった。

「でも、ハチが一緒だろ？」

家に来ていたコーちゃんがまるでお祈りをするような声でそう言った。──ハチが一緒なら。

新しい場所でもサトルはひとりじゃない。少しは寂しくない。

「ハチは連れていけないんだ。叔母さんは転勤が多いから」

サトルはもうとっくに全部を諦めていて、ただコーちゃんの祈りを裏切ってしまうことだけが辛そうだった。

「ハチはどうなるの」

「遠縁の人がもらってくれるって」

「サトルはその親戚の人、よく知ってるの」

サトルが首を横に振ると、コーちゃんは憤ったように唇を噛んだ。

「僕――僕、うちでハチをもらえないか頼んでみる！」

コーちゃんはそう叫んで帰ったが、日暮《ひぐ》れてから泣き腫らした顔でまた訪ねてきた。

「お父さんが駄目だって」

コーちゃんが勇敢に戦ったことは厚ぼったく腫れた瞼が教えてくれた。

「いいよ」

サトルが泣き笑いの顔になった。

「コーちゃんが頼んでみるって言ってくれて嬉しかった」

二人は泣きながらハチをなで、ハチは二人の気の済むまでなでさせてやった。

サトルとコーちゃんが大きくなるのをずっとこの家で見守っていくのだと思っていた。子供と猫にとって世の中はままならないことだらけだ。

やがて、遠縁のおじさんがハチを引き取りに来た。日焼けした彫りの深い顔は笑うと目がシワの中に埋もれてしまう。

居間でハチを抱き締めていたサトルの頭をおじさんはぐりぐりなでた。

「安心しな。おじさんちはみんな猫が大好きだから、うんとかわいがってやるからな」

サトルの顔がぱっと輝いた。お父さんとお母さんが白い壺に入ってしまってから、そんな顔をしたのは初めてだった。

「ハチをきっと幸せにしてやってね」

「任せとけ」

それでもサトルはハチと別れるとき、目が壊れたみたいに泣いていた。

「どうしてもノリコちゃんとこじゃ無理かね」

おじさんはサトルが不憫になったのかそう言ってくれたが、叔母さんの家はペット禁止らしい。

「ほら、最後は笑ってやらないとハチが心配するぞ」

おじさんにそう言われて、サトルは泣きながら笑った。しゃくり上げながら唇の端をむりやり上げるので、ひどく不細工な顔になっていた。

「ハチ、元気でね！」

いっぱいに手を振るサトルがハチの見た最後のサトルになった。

＊

三時間ほどケージに揺られて辿り着いたおじさんの家には、子供が四人もいた。

一番上の男の子はおじさんよりも背が大きいくらいだった。それから女の子、男の子、男の子の順で背が段々小さくなって、末っ子の男の子はサトルと同い年らしい。

だからだろうか、末っ子の名前を一番先に覚えた。ツトムという名前だった。サトルみたいにくるくるとよく表情が変わる男の子だった。スイミングはやっていないけど、野球をやっている。

お兄ちゃんやお姉ちゃんとは毎日喧嘩になっている。一番小さいので取っ組み合いでも口喧嘩でも勝てないらしい。しくしく泣いているそばに寄り添って手や膝小僧を舐めてやるのがハチの日課になった。ツトムは毎日負けるので毎日べそをかくのだ。

「ふつうはごはんをくれる人に一番懐くものだけどねぇ」

おじさんとおばさんは不思議そうに首を傾げている。

「ツトムが弱虫だから同情されてるのよ」

キシシと笑うのはツトムを口喧嘩でよく泣かすお姉ちゃんだ。

「うるせ!」

ツトムがお姉ちゃんを後ろから蹴飛ばして「やったわね!」と追いかけられる。どうせ最後はまた泣かされるのに、どうして突っかかるのかハチにとっては謎だ。

「ハチはあんまり外に出たがらないのね」

おばさんにはそれも不思議らしい。

「掃除で窓を開けておいても庭に降りるくらいなのよ。せっかくマンションの一階だからお散歩できるのに」

「前の家は内飼いだったんじゃねえか?」

おじさんがそう言うと、おばさんは「あら、かわいそうに」と眉を八の字にした。

「別にかわいそうなことねえよ」

口を添えたのは一番上のお兄ちゃんだ。

「今は事故とか恐いから内飼いの家も増えてるし」

「うちもミルクは交通事故だったじゃないか」

下のお兄ちゃんも加勢した。ミルクというのはこの家で一番初めに飼った猫の名前だ。命名はお姉ちゃんで、かわいらしすぎる名前は男性陣にかなり不評だったという。

「ハチ、鈍くさいもんね。外に出たがらなくてよかったかも」

お姉ちゃんがうりうりとハチの頬を指でつつく。「やめろよ」と割って入ったのはツトムだ。

「鈍くさいんじゃなくておっとりしてるんだよ」

——ツトムの声に重なって、同じ年のもう一人の子供の声を思い出した。


違うよ、ハチはおっとりしてるんだよ。


鈍くさいという言葉を優しく言い換えていたのはサトルだった。

ハチが見上げると、同じ優しい言葉を使う子供はにこにこ笑ってハチの耳の後ろを掻いた。

ああ、そうかと腑に落ちた。

これからはこの家でツトムが大きくなるのを見守ればいいのだ。

サトルとツトムは同い年だ。同じ優しい言葉を使う。ツトムが大きくなったら、サトルも同じように大きくなっている。

ツトムに自然とサトルが重なり、しまわれた。

サトルを置いてきてしまったことが気がかりだったが、これでようやくこの家でくつろげる。

ツトムに喉をくすぐられ、ハチはこの家に来てから初めて心置きなく喉を鳴らした。

＊

冬を越して桜が咲くと、ツトムは詰め襟を着て中学校に通うようになった。

野球は相変わらず続けている。――スイミングはいつ辞めたのだったか。二つ続けるのは大変だろうし仕方ない。金色のトロフィーもどこかに片付けられてしまったようだ。

毎日よく運動をして、もりもり食べる。背もぐいぐい伸び出した。一年もかけてじわりじわりとしか伸びなかった頃が嘘のようで、中学二年になった翌年には十センチも高くなっていた。

練習はずっと外らしく、日焼けした肌は醬油で煮染めたようになっている。逆光になると顔が真っ黒でどこに目鼻があるか分からないとおばさんが笑った。

「俺より黒くなるとは思わなかった」

おじさんもそう言って笑った。

表情は相変わらずくるくるとよく変わる。お兄ちゃんやお姉ちゃんともしょっちゅう喧嘩だ。だけど、いつの頃からかお姉ちゃんとは口喧嘩だけになった。お姉ちゃんは舌鋒にますます磨きがかかり、手に負えないくらいだ。ツトムはさすがにもう泣くことはないけれど、ときどき涙目になっている。

ぽかりと一発ぶってやったらあっというまに逆転なのに、ツトムは絶対お姉ちゃんをぽかりとやらなかった。――ぽかりとやらなくなったときのことをハチはよく覚えている。

カッとなってお姉ちゃんを力任せに突き飛ばしたら、襖が破れるくらい吹っ飛ばしてしまったことがあったのだ。

お姉ちゃんは即座に武器を取ってやり返してきたが、振り回されるピコピコハンマーにツトムは為す術もなく一方的に叩かれていた。

「今日はこれくらいで勘弁しといてやらぁ！」

コントみたいなお姉ちゃんの捨て台詞も甘んじて受けていた。お姉ちゃんは太腿に大きな痣を作っていたが、お姉ちゃんよりもツトムのほうが怪我をしたみたいにしょぼくれていた。

大きいお兄ちゃんが「あいつも一応女だからな」と諭していた。

「でも口じゃ勝てないよ」

「仕方ねえよ。女には勝てないことになってんだ」

大きいお兄ちゃんもお姉ちゃんと喧嘩になると、最後は「うっせえ！」と怒鳴って逃げている。

「勝てないことねえぞ。こういうのは心理戦だ」

そう教授するのは小さいお兄ちゃんだ。

「敵の痛いところを衝くんだ。奴の弱点はあのばかでかい足と平坦な胸だ」

お姉ちゃんは身長の割りに足が大きく、靴のサイズは25㎝ある。本人は24・5㎝だと言い張るが細身の靴だと甲が入らない。小さいお兄ちゃんは喧嘩になると「バカ足」とお姉ちゃんの気にしているところをつっつく。バカの大足を省略してバカ足らしい。

「こないだお前のスニーカー履けちゃったぞ、彼氏と靴の貸し借りできんじゃやねえの！」

「うっさい、お前がチビなんだよ！」

「俺は平均だよ、お前がでけえんだよ！　そのくせ胸は筑紫平野だし、いいとこなしだな！」

「モデル体型なんだよ！」

「ヘソで茶が沸くわ、あんまり笑かすな！」

しかし、ツトムは小さいお兄ちゃんみたいにぽんぽん上手く言い返せないので、あまり参考にになっていいない。

でも、お姉ちゃんにいいだけ言い負かされて涙目になってしまうツトムのことをハチは大好きだった。おじさんもおばさんも大きいお兄ちゃんも小さいお兄ちゃんもお姉ちゃんも好きだが、一番好きなのはツトムだ。

走ると後ろ足が絡まってしまうハチのことを、ツトムはおっとりした猫だと言ってくれる。生まれて初めてネズミと鉢合わせしたとき、腰を抜かしてしまったハチに「ネズミが獲れなくてもハチはうちの大事な猫だ」と言ってくれた。

ねこじゃらしを動かすのが速すぎる……ちゃんに「もっとゆっくり動かしてあげて」と、……ちゃんって誰だっけ。……ちゃんって誰だったっけ。ツトムの友達だ。遠い遠い昔、ハチが子猫の頃に毎日遊びに来ていた。いつから来なくなったのだろう。

猫の時間は過ぎるのが早い。子猫の頃のことはもう生まれる前のように遠い。

……ちゃんの名前は思い出せなかった。だけど、きっとどこかで元気にしているに違いない。だってツトムの手足はこんなにすくすく伸びている。

どうかみんなみんな健やかに。幸せに。

もう一度春が巡ってきて、大きいお兄ちゃんは家を出た。大学に合格して都会で暮らすことになったのだ。

家の中はちょっぴり静かになった。大きいお兄ちゃんがいなくなったこともあるが、子供たちの喧嘩の具合も少しだけおとなしくなっていた。もうツトムと小さいお兄ちゃんの間でもたまに小突き合いになるくらいだ。

ツトムの手足はまた伸びた。野球部の練習で毎日運動して、毎日もりもりごはんを食べているからだ。もう制服のズボンが裾を出してもつんつるてんで、大きいお兄ちゃんのお下がりの制服を着ている。生地の色がちょっと褪せているのでツトムは嫌がったが、おばさんが「あとたった一年のことなのにもったいない」と新しいのは誂えてくれなかった。

夏の大会で野球部は準決勝まで行った。ツトムは悔し泣きで帰ってきた。

「準決勝まで行ったんだから充分じゃないの」

そう慰めたおばさんに、お姉ちゃんも口を添えた。

「そうよ、高校でまた頑張ればいいじゃないの」

「うっさい！」

ツトムは癇癪を起こしたように怒鳴った。

「今の仲間とやれるのは今だけなんだ！」

「何よ、慰めてあげたのに！」

お姉ちゃんは怒ってツトムにクッションを投げてきた。

今のはツトムがちょっとよくなかったと思うよ、とハチはツトムの膝にすりすりした。ハチをなでているうちにツトムも少し気が収まったようで、後でお姉ちゃんにごめんと謝っていた。

「でも、準決勝まで行ったんだから大したもんよ」

おばさんはそう言って晩ごはんには出前のパーティー寿司を取った。おかずは唐揚げとポテトサラダ、――小さい頃から大好きな献立だ。

スイミングの大会で優勝したときとまったく同じだ。

　でも、玉子のお寿司はもうそれほど好きじゃないらしい。ツトムはまぐろばかり食べていた。ハチが袖をちょいちょい引っ張ると、わさびを丁寧にこそいだまぐろをハチにくれ、自分は酢飯を丸呑みした。

「高校でも野球は続けるのか？」

　尋ねたおじさんに、ツトムはうんと頷いた。

「今の友達と一緒じゃないと嫌なんじゃなかったのぉ？」

　お姉ちゃんは慰めたのに噛みつかれたことをまだ根に持っているらしい。

「もうそんな子供じゃないよ。それに何人かは同じ高校行くし」

「やっぱりお友達が一緒じゃないと駄目なんじゃない」

「うるさいな！」

　ツトムは今まさに唐揚げを囓ろうとしていたお姉ちゃんに「デブになれ！」と呪いをかけた。すかさず小さいお兄ちゃんが「もうデブだから効かない」と混ぜっ返す。

「そんなこと言ったら全部レモンかけてやるからね！」

　お姉ちゃんがレモンの小瓶を取り上げて脅す。ツトムと小さいお兄ちゃんは酸っぱいのが好きじゃないので「やめろよ」と小競り合いになった。

「いいかげんにしなさい！」

　おばさんに怒られて三人が渋々黙り込む。

　やれやれ、体はずいぶん大きくなったのに中身はまだまだ子供だ。人間って一体どれくらいで大人になるものなんだろう。

ハチのほうはもう子猫の頃をうっすらとしか思い出せない。

お前の名前はハチだよ！　――そう言って嬉しそうに頬ずりしたのはツトムだっただろうか。

箱に入ったハチを拾ってくれたのも。いや、違う。この家にはおじさんがケージで連れて帰ってくれた。じゃあ あの箱に入っていた記憶は。箱に入れられたまま長いこと揺すぶられてぐるぐるに酔った。

どうして揺すられた？　ハチを飼ってもらえなかったから見せかけの家出を、うまくいかずに途中で喧嘩になって、
全然うまくいかなかったじゃないか、……のうそつき！

だって……ちゃん、猫飼いたいんだろ!?

ていうか！　まず……んちで飼えないかどうか頼んでくれてもいいんじゃないの!?

……って？　うまくいかないと責められたのは誰だった？

ツトム？　ツトムは野球をやっている。スイミングはいつやめた？　スイミングは……ちゃんと一緒なら、……ちゃんが一緒じゃなかったから、

「ハチ、まぐろあげようか」

お姉ちゃんが箸でつまんだまぐろをぴらぴら振った。せっかくいただけるものを断る手はない。上のほうで振られるまぐろに伸び上がり、ふんふん嗅ぐ。なかなか口が届かないのでバランスを崩して尻餅をついた。

「あははー、鈍くさい」

「おっとりしてるんだよ、かわいそうなことすんなよ」

ツトムが憤然としてお姉ちゃんの箸から素手でまぐろを奪い取った。手のひらをお皿代わりにハチに差し出してくれる。

「だって鈍くさいところがかわいいんだもん」

「ひでえ女だよな、ハチ」

鈍くさいという言葉をツトムは優しく言い換えてくれる。おっとりしているという言われ方のほうがハチには昔から馴染みがある。

「おいしいか？」

ツトムの手の上でハチはてちてちまぐろを舐めた。


猫の時間と人の時間は進み方が違う。猫のほうがだいぶ早い。——気づいたのはいつ頃だっただろう？

ツトムはぐいぐい大きくなったが、大人になるのはまだ先らしい。大人になる前に高校受験という試練を乗り越えなくてはならないらしく、秋から冬にかけては勉強漬けだった。

お正月には熊みたいな髭を生やした男の人がやってきた。

「ハチ、元気だったか？」

大きな声で話しかけ、いきなり抱っこしようとするのでちょっと尻込みしてしまった。

「何だ、俺のこと忘れちゃったのか。夏休みにも帰ってきただろ」

「一週間しか帰ってこなかったじゃないの、猫のちっちゃい脳みそだと忘れちゃうわよ。それにそんな髭なんか生やして」

おばさんとのやり取りを窺っていて、やっと大きいお兄ちゃんだと思い出した。

すみませんね、すぐに気がつけなくて。お詫びに膝にすりすりすると大きいお兄ちゃんは機嫌を直してハチを抱っこしてくれた。もっともほっぺたをすり寄せられると髭がチクチクするのでさっさと逃げ出してしまったが。

勉強漬けのままお正月を越し、ツトムは受験に合格した。庭に一本だけ生えている桜が咲くと、今までの詰め襟ではなくブレザーで新しい学校へ通うようになった。

さっそく野球部に入って、毎日泥だらけになって帰ってくる。合格したのは野球の強い学校のようで、練習もなかなか厳しいらしい。

桜が散って葉桜になり、毛虫がぽたぽた落ち出した。おばさんとお姉ちゃんはこの季節になると「切っちゃおうか」と言い出す。毛虫がよっぽど嫌らしい。

「そんなこと言うなよ、シンボルツリーってやつじゃないか」

おじさんは毎年女性陣をそうやって宥めてやり過ごす。

ツトムが肩に毛虫を乗せたまま家の中に入ってきて、おばさんとお姉ちゃんがぎゃあっと悲鳴を上げたこともあった。

ある日、どこから上がり込んだのか廊下を毛虫がのそのそ這っていた。おばさんとお姉ちゃんが見つけたらまた大騒ぎだ。退治しておいてやろうとハチは前足で毛虫をばんばん叩いた。

と、肉球に焼けるような痛みが走った。悲鳴を上げると真っ先に駆けつけたのはツトムだった。

「ハチ、どした⁉」

ツトムは見るなり事態を察したらしい。

「毛虫に刺されちゃったのか」

「やだ、毛虫って桜の⁉　あれ刺すの⁉」

お姉ちゃんがギャーギャー騒ぎ、小さいお兄ちゃんが答えた。

「大半は刺さないけど、たまに刺すのも付くんだよ」

「やだ、退治して退治して！」

小さいお兄ちゃんが毛虫を退治している間に、ツトムはハチの肉球に消毒薬を塗ってくれた。

「虫さされの薬も塗っといたほうがいいかな」

おばさんにお伺いを立てると、「やめといたほうがいいんじゃない？」とご託宣が出た。

「舐めちゃうかもしれないから。腫れたら明日病院に連れて行くわ」

毛虫を片付けた小さいお兄ちゃんが戻ってきて、ハチの頭をうりうりなでた。

「バカだなぁ、わざわざ刺すやつに手ぇ出して」

「自分よりのろいから勝てると思って調子に乗ったんじゃないの」

お姉ちゃんの心外なお言葉にハチがむくれると、ツトムが唇を尖らせた。

「そんなこと言うなよ。姉ちゃんたちが嫌がるから退治してやろうとしたんだよ、きっと」

やっぱりツトムはよく分かっている。お姉ちゃんも反省したようで「ごめんね」と後でおやつをくれた。

肉球はちくちく痛んだが、病院に行くほどのことにはならずに済んだ。

毛虫もそろそろ時期を過ぎた頃だった。晩に電話がかかってきた。

電話に出たのはお風呂上がりのおじさんだ。

「おお、久しぶり！　元気にしてるかい。そうか、ノリコちゃんも元気か」

おじさんはパンツ一丁でご機嫌にお喋りを続け、お姉ちゃんに嫌な顔をされたが意に介さない。

「おお、いいとも。おいでおいで、ハチも待ってるから」

電話を切ったおじさんに、おばさんが「誰です？」と問いかけた。

「ほら、サトルくん。毎年、年賀状くれるだろ」

ハチはピンと耳を立てた。

電流が走ったようにその名が掘り起こされた。


――サトル。


「ああ、ノリコちゃんとこの……」

「そうそう」

「それ、ハチを元々飼ってた子だよね」

話に加わったのはツトムだ。

「俺と同い年だっけ？」

「おう。夏休みにアルバイトしてハチに会いに来るってよ」

「今、どこ住んでんの？　叔母さん、転勤多い人だったよね？」

「今は山梨だってよ」

「へえー、猫に会うためにわざわざバイト！　相当な猫ばかだなぁ」

サトル。サトル。サトル。サトル。


「年賀状に毎年ハチによろしくって書いてきてるもの。よっぽどかわいがってたのよ」

「それならもっと早く叔母さんに連れてきてもらえばよかったのに」

「ノリコちゃんも忙しいからなぁ。それに引き取られた身じゃわがままも言えまいよ」


ハチ、元気でね！

しゃくり上げながらむりやり笑って、いっぱいに手を振っていた。

「サトルくんが来たら仲良くしてやれよ、ツトム」

「まあ、フツーに。ハチかわいがってたんならいい奴だろうし」


おっとりしていると最初に言ったのはツトムじゃなかった。

鈍くさいという言葉を優しく言い換える愛しい子供は一人じゃなかった。

ツトムとサトルが重なった瞬間まで鮮やかに記憶が巻き戻った。

きっとサトルもツトムのように健やかに手足が伸びているに違いない。

＊

サトルは夏休みに来るという話だった。

夏休みはいつ始まるのだろう。日がどんどん長くなって、影がどんどん濃くなった。

ツトムの顔も一年中で一番真っ黒くなる季節だ。

こんなに毎日暑いんだから、もうそろそろ夏休みじゃないだろうか。

早く来たらいいのに。サトルとツトムが会ったらきっと仲良しになる。

あんまり待ちすぎて、やがて待ちきれなくなってきた。

もしかすると、そこまで来ていて途中で迷子になっているのかもしれない。そう思いついて、ハチは日差しが弱まる夕方に少し近所を見回るようになった。

庭先より遠くには行ったことがないので無理は禁物だ。最初は家に沿って一回りから始めて、それから少しずつ歩く範囲を広げていった。

「ハチ、最近お散歩してるみたいなのよ」

晩ごはんのときおばさんがそう報告すると、ツトムが顔をしかめた。

「迷子になったりしないだろうな」

迷子にならないようによくよく気をつけて範囲を広げておりますよ、とハチは胸を張った。

「念のために首輪つけて迷子札つけようか」

お姉ちゃんが提案し、さっそく翌日買ってきた。

「嫌がるかな」

お姉ちゃんが恐る恐るつけた首輪は、無理に暴れたら取れないこともなさそうだったが、取るほうが面倒くさそうだったのでそのままくっつけておいた。

「まあ、基本されるがままの猫だからな」

小さいお兄ちゃんがそう言って笑った。

外歩きにも少し慣れてきて、サトルもなかなか見つからないことから、今までよりも歩く範囲を広げてみようと思い立った。

今まで渡らなかった少し大きな道だ。でも、この道の向こうからはいつも人がたくさん渡ってくる。サトルが来るとしたらきっとこの道からに違いない。

ずっと観察していたので、人間が白いシマシマ部分を渡るタイミングで渡れば車が危なくないことも分かっていた。

実際、何度かそうやって安全に渡った。

その日も一緒に渡る人を待っていると、若い男がぱっとシマシマに飛び出した。遅れてなるかと追いかけると、――けたたましいクラクションが鳴り響いた。

若い男はぎょっとしたように走り抜けた。ハチは竦んで固まった。

ドンッ、と凄まじい衝撃に撥《は》ね飛ばされて――気がつくと血をたくさん吐いていた。胸が痛くて痛くてたまらない。

キャー、猫が、と誰かが悲鳴を上げた。

「ハチ！」

叫んで駆け寄ってきた人影がハチを抱き上げた。

顔が真っ黒で見えないのは目がかすんでいるからか、夕日の逆光か。困った、サトルかツトムか分からない。

でも、どちらでもいいのだと思った。

サトルもツトムも、ハチにとっては変わらない。どちらも同じように愛しい子供だった。

＊

住所だけでも訪ねていけるつもりだったが、親類は新幹線の改札まで迎えを寄越してくれるという。その家の末っ子のツトムという子が来るらしい。

サトルが待ち合わせた改札を出ると、真っ黒に日焼けした――少年と呼ぶか青年と呼ぶか微妙な年頃の子が声をかけてきた。

「ミヤワキサトルさんですか？」

「はい」

「初めまして、ツトムです」

ツトムはサトルと同い年ということだった。ということは、自分も少年か青年か微妙な年頃に差しかかっているのだなと今さらのように自覚した。

「すみません、せっかく会いに来てくれたのに……こんなことになっちゃって」

「いいえ。皆さんのせいじゃないですから」

サトルが会いに行くはずだった日を前に、ハチは交通事故で亡くなったという。

ツトムに連れられて家に行くと、おじさんとおばさんがよく来たよく来たと出迎えてくれた。

「すまなかったな、こんなことになっちゃって」

ツトムとまったく同じことを言うので、却って少し笑ってしまった。

「おじさん、ハチを幸せにするって約束したのに」

「おじさんちにもらってもらえて、幸せだったと思います」

リビングにはハチの写真が飾ってあって、まるで人間のお仏壇のようにきちんとお供えがしてあった。そして歴代の猫の写真がいたるところに貼ってある。

こんな家にもらわれて、亡くなる最後の最後までハチが幸せじゃなかったはずがない。

「ハチのお墓は……」

「ペット霊園なんて洒落たもんは構えてやれねえからさ、田舎の山に埋めてやったんだ。明日、ツトムが案内するって言ってっから」

ツトムはこくりと頷いた。

「電車で三十分くらいだから」

「ありがとう」

夜にはお姉さんとお兄さんが帰ってきて、お祝いみたいなご馳走が出た。

みんな寄ってたかってハチの話をしてくれた。

「ちょっと鈍くさいところがかわいくってね」

笑いながら話したお姉さんにツトムが嚙みついた。

「鈍くさいって言うなよ、ハチはおっとりした優しい猫だったんだ」

思わず笑みがこぼれた。

「そうなんです。おっとりした優しい猫だったんです」

するとツトムもにっと笑った。表現にシンパシーを感じたらしい。

その日はお風呂を借りて早く寝て、翌朝は朝ごはんを食べてからお墓参りに出かけた。

在来線にごとごと揺られ、ツトムの言ったとおり三十分ほどすると景色がすっかり山間だった。降りた駅前はいきなり畑だ。

農道をてくてく歩いてツトムが山のほうへ向かう。

「車だったらめんどくさくないんだけど、親父が仕事だから」

なだらかな里山を登りながら、自然と話はハチのことになった。学校の話も部活の話も聞いたので、共通の話題はそれくらいしか残っていない。

「ネズミが出たとき、驚いて尻餅ついちゃったんだよね」

「へえ……まあ、頷けるけど」

「おっとりしてたからね。だから、交通事故っていうのもハチらしいかなぁって。車にびっくりしちゃったんだろうな」

「違うよ」

ツトムが悔しそうに顔を歪めた。

「俺、撥ねられたところに行き会ったんだ。ちょうど部活の帰りで通りがかって。見てた女の人が教えてくれた。ハチ、信号無視して横断歩道渡った男について渡ったって。あいつ注意深くて頭も良かったから、きっと人間と一緒に渡ったら大丈夫だって思ってたんだ」

ツトムは泣き出しそうなのをこらえるようにひたすら前を睨んでいた。

「そのバカがいなかったら、きっと渡ってなかった。見つけ出してぶちのめしてやりたい」

「──見つかったら俺も呼んで」

するとツトムが意外そうな顔をした。

「あんまり喧嘩とか強そうに見えないけど」

「うん。だからツトムくんがぶちのめした後にぽかっとやる」

「何だよ、それ」

ツトムが吹き出し、──慌てたようにサトルから顔を背けた。汗を拭う振りをして目元を腕でぐいと拭った。

里山の頂上に日当たりのいい原っぱが広がっていて、ツトムはその原っぱの隅っこにサトルを連れていった。

一抱えほどある御影石のブロックがあちこち据えられていて、中の一つは真新しい。

「親父の知り合いの石工に端材をもらってくるんだ。霊園とか買ってやれねえし」

「充分だよ。日当たり良くて気持ちよさそう」

ハチのお墓の前に持ってきたカリカリを撒き、ささみとチーズのおやつもパッケージを剝いて供えた。多目に持ってきたカリカリは歴代の猫たちにもお裾分けする。

「俺、両親も交通事故だったんだ」

うん、とツトムは言葉少なに頷いた。事情は聞いて知っているらしい。

「修学旅行から帰ってきたら亡くなってた」

うん、とツトムがまた頷く。

「そのときお父さんに買ってたおみやげ、交通安全のお守りだったんだ」

とうとうツトムは頷くこともできなくなってしまったらしく、無言で俯いた。

「こういうやつ」

サトルは鞄の中からお守りを出した。招き猫のマスコットがついたキーホルダー型のお守りだ。

「ずっと持ってたのか」

「ううん。そのとき買ったのはお棺に入れて一緒に焼いてもらった。ここ来る前に、修学旅行先だった京都に寄って探してみたんだ。同じかどうか分からないけど、似てたから」

どこにでもありそうなキーホルダーだ。どこにでもありそうな子供だましの、いかにも子供が選びそうな。こういうものは十年一日で変わらない。

「ハチに似てるな、この招き猫」

お守りを受け取ったツトムが呟いた。ツトムならすぐ気づくだろうと思った。

ハチをおっとりした優しい猫だと言うツトムなら。

「だから買ったんだ。——お父さんには間に合わなかったけど」

——あのとき、いろんなことを考えた。

全然間に合っていないお守りなんか買ってきた自分がバカみたいで腹が立った。

こんなちゃちなオモチャみたいなお守りを買ったから、お父さんとお母さんは却って交通事故に遭ったのかもしれないと思った。

「でも、ハチの事故のこと聞いたとき……」

喉にこみ上げるかたまりをゆっくりと押しつぶしながら話す。

「あのとき、ハチにお守りを持たせてやればよかったのかもしれないって」

今さら遅い。そんなことは分かっている。

でも、やっぱりハチにお守りを持たせてやりたかった。ハチはおっとりした優しい猫だから、サトルがそうしたかった気持ちを分かってくれると思った。

「ツトムくんがもらってくれないかな」

ツトムが目をしばたたいた。

「もらってくれたらハチが喜ぶと思うから」

お父さんのときは間に合わなかった。ハチのときも間に合わなかった。

ツトムがもらってくれたら、やっと間に合ったと思える。

「分かった」

ツトムが尻ポケットにお守りを突っ込んだ。

「そろそろ行こうぜ。帰りの電車、逃がしたらけっこう待つんだ」

「待って、もう一回」

最後にもう一度ハチのお墓に手を合わせる。

——頼んだよ、ハチ。

歩き出すと、どこからか猫の鳴き声が聞こえたような気がした。ツトムを窺うと、ハチかな、と呟いた。

そうだね、とサトルも答えた。

なだらかな山道を下りながらやみくもに楽しくなって、いつのまにか二人で声を上げて笑っていた。

fin.

こぼれたび

～旅猫リポート外伝～

＊

吾輩は猫である。名前はナナという。——と、この国で一番えらい猫の真似をしてみたものの、だめだな。この語り口って名前がある猫じゃいまいち締まらないや。大体、イマドキ吾輩なんて自称はよっぽどの年寄り猫でも使わない。僕はまだまだヤングな猫なので懐古主義には蓋をすることにしよう。

ちなみに僕と自称するれっきとした雄猫なのに「ナナ」なんて女の子みたいな名前であることについては、僕の責任の及ぶところではない。

いい奴だけど、センスはちょっと微妙な僕の飼い主たるサトルが、僕の意向を聞かずに勝手に付けちゃった名前なのだ。由来は僕のキュートなカギしっぽ。カギの向きが上から見ると数字の7に見えるからという安直極まりない理由でこの名前が決まってしまった。

名前のセンスには若干の難があったものの、サトルは猫のルームメイトとして申し分ない人間で、僕もまた人間のルームメイトとして申し分ない猫だった。

僕らはこの五年間、実に快適な共同生活を送ってきたのだが、とある事情でその生活に翳りが差した。

サトルはよんどころない事情で僕を飼えなくなった。その事情が発覚してからのサトルの行動は早かった。ありとあらゆるツテを使って僕のもらい手を募ったのだ。引き取ってくれるという申し出に対して、サトルは順番に僕を連れて「見合い」に回っている。

正直言って余計なお世話である。僕は成猫になってからサトルに拾われた。つまり、サトルと出会う前までは立派な野良だったのである。そして飼い猫になったとはいえ、僕の野性は決して衰えていない。

サトルが僕と暮らせなくなったなら、僕は野良に戻るまでだ。それなのにサトルは自分の心配はそっちのけで僕の行く末ばかり心配する。見くびられたもんだよ、ホント。

そんなわけで、サトルは僕を連れて知り合いのところを渡り歩いている。もちろん、僕の側に見合いを成立させるつもりはない。今まで見合いは都合三回、全部破談にしてやった。

移動に使うのは決まって銀色のワゴンである。長距離のときは猫トイレまで持ち込んで、僕のための設備はバッチリだ。

見合いはいいかげん諦めろよと思うけど、銀色のワゴンでドライブをするのは悪くないので、今のところは文句を言わずに付き合ってやっている。

おかげで僕は、普通の猫の縄張りからするとちょっと考えられないほどいろんなものを見た。サトルが子供の頃に住んでいた町を二つ、農村を一つ、畑に田んぼ、海に富士山。僕は街中育ちの猫なので、本当なら生活圏内にない景色は死ぬまで生で見ることなんかなかったはずだ。

きっと僕は、日本で一番いろんな景色を見た猫だ。僕はサトルと一緒に見た景色を絶対に一生忘れない。

そして僕らは四回目の旅に出た。

銀色のワゴンが目指す方向は西だ。僕たちは昼過ぎに東京を出発して、夕方にはちょうど沈む夕日を追いかけて走るような具合になった。

運転しているサトルの横顔は夕日に照りつけられてみかん色だ。運転席の庇を下ろしてもまだ眩しいらしく、ずっと目をしぱしぱさせている。

助手席で箱になっている僕をちらりと見て、サトルが笑った。

「目が糸みたいになってるぞ、ナナ」

僕たち猫の目は明るさに応じて見える光の量を調節できる優れものだ。明るいところでは瞳孔がきゅっと細くなり、暗いところでは丸々と太くなる。

僕の目は今、限界まで縦に細くなっているはずである。

「男の目には糸を引け、女の目には鈴を張れっていうけど、ナナは必要なときに勝手に糸になるから便利だね」

まあね、と僕はヒゲをぴくぴく動かした。サトルの目は眩しくても糸にならないから不便だね。こんなときは目玉を交換してやれたらいいのに。僕は眩しくっても助手席でとぐろを巻いて寝ていればいいだけの話だからね。

「お、京都までもう少しだな」

サトルがちらりと上を見上げて呟いた。高速道路の標識を読んだようだ。

「神戸まで新幹線なら三十分かそこらだけどなぁ」

夕日に向かって車を運転し続けて、サトルは少し疲れたらしい。

「大津でちょっと休憩しようか」

オッケーですよ、そろそろおなかも空いたしね。

その前にちょっとトイレでも、とトイレを置いてある後部座席に移ろうとしたときだ。

車の行く手に夕日の金色に照り映えるだだっ広い水面《みなも》が現れた。

お？　と僕がダッシュボードに手をかけて首を伸ばすと、サトルが「気になるかい」と笑った。

「すごいだろ。日本で一番大きな湖だよ」

へえ、海じゃないんだ！　そいつはびっくり。こんなにだだっ広いのに海じゃないなんて。

「ちょっと寄ってみようか」

いや、そいつはけっこう。海だって遠くから眺めている分にはキレイで海の幸とかのロマンに溢れていたけど、近づくと恐ろしげな重たい波の音がどろどろ響いてホラーなだけだったしね。

「ああ、でもここで寄り道したら向こうに着くのが遅くなっちゃうかな」

そうそう、無理はしないに限りますよ。

結局サトルはサービスエリアで夕日の照り返しが少し落ち着くまで休憩し、湖には寄らないで先に進んだ。


晩ごはんのカリカリはシンプルなかつお仕立て愛猫健康ブレンドだったけど、サトルが上からおかかを振ってくれたので、うっかり食べ過ぎておなかがぽんぽんになってしまった。

おなかがいっぱいになると眠くなるのはあまねく動物の生理である。

助手席でくるりととぐろを巻いて、それから後のことは覚えていない。途中でサトルが手持ち無沙汰そうに僕の背中をなでていたから、渋滞で暇なのかなと夢うつつに思ったくらいだ。

車のエンジンが止まった気配にふと目が覚めて顔を上げると、サトルがシートベルトを外しているところだった。もう今日のホテルに着いたのかな？

「お、起きたかい？　ホテルに入る前にちょっと寄り道してみたよ」

サトルがこちらへ手を伸ばすので、寝起きの弓なりになってから抱き取られた。車を降りると涼しい夜気が鼻先をくすぐり、くしゃんとくしゃみが一つ出た。

日はとっぷりと暮れていて、夜闇を吸い込む黒い影が山の稜線を描いている。

「ほら」

サトルが促すほうを抱っこされたまま振り向くと、――わあ！

見下ろす山すそに、ありとあらゆるキラキラしたものをぶちまけたような光がぎゅう詰めだ。まるであそこだけ昼なんじゃないかと思うくらい。

すごいね、人間は夜でも昼にしちゃうんだね。

「一千万ドルの夜景なんだってよ」

そんな人間だけの価値観でしかない通貨で語られたってね。しかもそれ、異人さんの単位だろ。僕からすれば二重三重にどうでもいい比喩に、くわぁとあくびが出る。

「ええと、一千万ドルを今のレートで換算するといくらだ？　八億くらい……？」

しばらく考え込んで暗算の結果が出たらしい。

「柔らか味わいささみが四百八十万個分かな？」

えっ、それはすごい。僕は思わずサトルの顔を見直した。一日いっこ食べても僕が死ぬまでに食べきれないんじゃない？

そうかぁ、柔らか味わいささみが四百八十万個分の夜景か――と改めて眼下に広がる光の海を眺める。

でも、それだったら僕は柔らか味わいささみを四百八十万個もらったほうがいいや。

「何だ、もう飽きたのか？」

ま、光は所詮光ですよ——と僕はくわぁとまたあくびをした。


ホテルはこの界隈で唯一ペットと同じ部屋に泊まれるという触れ込みだった。確かに受付にはたくさんの犬や猫が行き交ったにおいがしてた。

晩ごはんは夕方のサービスエリアでふたりとも済ませているので、後は寝るだけだ。もう夜も遅いしね。

部屋はこぢんまりとしているが清潔で、居心地はなかなかのものだったけど、テレビが箱じゃないのが僕的には減点だ。

その点、この前泊まったサトルの友達がやってるペンションのほうが上だけど、猫のために箱のテレビを置いてあるような宿は日本中探してもそうはないだろうしね。共用のフロアも自由に歩いたりはできないけど、猫連れで泊まれる分だけ街中のホテルとしては上等だ。

僕が部屋をあちこち検分しているうちに、サトルはお風呂に入った。閉めたドアの向こうから普段の二割増しよく響く鼻歌が聞こえてくるので、お湯を溜めてゆっくり浸かっているようだ。

やがてサトルがお風呂を上がってきたので、僕は入れ違いで風呂場に入った。お湯を使った後ならお風呂の蛇口に水が残っているはずだ。

何でか知らないけど、閉めた蛇口に残っている水は自分の水入れに入っている水よりも不思議とおいしい。僕はサトルがお風呂を上がると必ず蛇口の水を飲む。

だからこのときもその習慣に従ったまでだったのだが、とんだ誤算が待ち受けていた。

「あっナナ、お水ダメだよ！」

何でだよ？　猫が自分の飲みたい水を飲みたいように飲むことはあまねく知られる真理というものですよ。止めるサトルを無視して浴槽の上にぽんと飛び乗ると――何ということでしょう！

そこにお風呂の蓋はなかったのです。

キャーッと悲鳴を上げる間もあらばこそ、僕は泡の浮いたお湯の中に盛大にダイブした。お湯を落としている最中だったから水位は半分くらいまで減っていたけど、僕がずぶ濡れになるには充分だ。

「ホテルはお風呂の蓋がないんだってば！」

そういうことは先に言って！　僕は浴槽の縁に飛び上がろうとしたが、体が丸ごと浸かるほどたっぷりお湯が張った状態では踏ん張りが利かず、思うようにジャンプできない。つるつる滑る浴槽には爪が引っかからないので、腕力で強引に体を引き揚げることももちろん無理だ。

バッシャバッシャとお湯の中で大立ち回りを演じる僕を、駆けつけたサトルは大慌てですくい上げた。

床に下ろされてぶるぶるっと胴震いを一つ。ぺったり濡れた毛並みからできるだけ水滴を弾き飛ばす。そのままお風呂場の外へ逃走し、さて毛づくろいを――と腰を据えると、サトルがまた大慌てで飛んできた。

「ダメダメ、泡を流したお湯なんだから！」

そしてそのまま僕を抱えてお風呂場へとって返す。

ダメなんて言ってもこのびしょ濡れの体をどうしてくれるんだ。するとサトルは僕をしっかり抱えたままお風呂場のドアを後ろ手に閉めた。——何だか、僕にとって最悪の展開が予感されるのは気のせいかしら？

「ついでだからシャンプーしちゃおう、石鹼で軽くね」

イヤ——————！

僕はじたばた体をくねらせてサトルの腕を抜け出したが、ぴったり閉まったドアは巌《いわお》の如くだ。カリカリ引っ搔いてもちらとも隙間を開けようとしない。

「逃げても無駄だぞー」

サトルは両手に石鹼を泡立てて僕をわっしと押さえ込んだ。そのままお湯の抜けた浴槽に連行して体中に泡をなすくられる。

ちくしょう、でも——やられっぱなしじゃ終わらないからな！


結果としてサトルは新しい寝間着と追加のタオルをホテルの人に持ってきてもらうことになり、ユニットバスの浴室は床までびしょびしょになった。

広げたタオルの上で懸命に毛づくろいしていると、サトルがドライヤーを持ってきた。じろりと睨んで鼻の頭にシワを寄せる。そのガアガアうるさい機械をこちらに向けようものなら、僕らの仲に明日まで修復不可能な亀裂が入るけど覚悟の上か？

風邪引いちゃうよ、とサトルは気弱に説得を試みたが、僕の狷介《けんかい》な態度に察するものがあったらしく、素直にドライヤーを引っ込めた。

そのとき、サトルの携帯が軽やかなメロディーを奏ではじめた。ハトの出そうなあの曲だ。

「はい、もしもし。……はい、先ほど着きました！　わざわざありがとうございます」

話を漏れ聞くに、相手は明日の見合い相手らしい。サトルの大学のときの先生で、今はこっちの大学に勤めているとか言っていた。

「じゃあ、お約束どおり明日の一時過ぎにお邪魔しますね！」

電話を切ったサトルが僕のほうを振り向いた。

「明日、決まっちゃったらお別れか……最後に嫌われるようなことしなくてもよかったかな」

心配するなよ、明日も見事にぶち壊してやるから。

概ね乾くくらいまで毛づくろいをして舌が疲れたので、僕は一人がけのソファに寝床を定めて丸くなった。

夜中に肌寒くて目が覚めたのは、毛並みに少し残った湿り気が体を冷やしたらしい。

仕方ないな、明日の朝までぷんすかしてようと思ったけど。

ソファを降りて僕はサトルが寝ているベッドに向かった。枕元にぽんと飛び乗り、布団の襟元をふんふん嗅ぐと、サトルは寝たまま布団を持ち上げて僕の入る隙間を作った。よく訓練されている。

隙間からするする入って足元まで、そこから折り返してまた枕元に戻って横になる。サトルがやっぱり眠ったまま僕の頭をなでた。

何かむにゃむにゃ呟いたので見つめると、僕の名前を呼んだらしい。そして暗がりの中で目元にうっすら涙が滲んだ。――やれやれ。

泣くくらいならどうして手放そうとするんだろうね。人間って矛盾に満ちた生き物だ。人間もヒアリングくらい僕たち動物と同じようにマルチリンガルだったらいいのに。そしたら新しい飼い主なんか探さなくていいって説明してやれるのに。

誇り高い野良だった僕は、誇り高い野良に戻るだけだって。

僕は首を伸ばしてサトルの目元をぺろぺろ舐めた。舌先に少ししょっぱい味がした。

するとサトルは「痛いよナナ」と僕の顔をぐいと押しのけた。

泣くから慰めてやったのにとんだご挨拶である。

＊

宮脇悟《みやわきさとる》が抜き差しならない事情で飼っていた猫を手放さなくてはならなくなり、緊急に新しい飼い主を捜している――という話は、昔面倒を見ていたゼミの卒業生から回ってきた。

久保田寿志《くぼたひさし》がまだ准教授として東京の大学に勤めていた頃だ。もう十年以上も前になる。経済学部で地域産業論を研究していたゼミだった。

連絡を寄越したのは今は甲府でペンションをやっているという夫妻だ。卒業後にゼミ生同士で結婚したという。

自分たちで引き取るつもりだったが、先住の犬と相性が悪くて叶わなかった。宮脇はまだ他のもらい手を見つけられていないようなので、もしよかったら考えてやってほしい――という頼みだった。夫人のほうが久保田が動物好きだったことを覚えていたらしい。

今はペット可のマンションでリリーという名の犬を飼っているが、子犬の頃に老猫と育った犬なので今でも猫好きだ。散歩で猫を見かけると嬉しがって寄って行き、その度に手厳しい拒絶を食らってしょげている。

その老猫が亡くなった後は猫を飼っていないが、家に一匹猫がいたらリリーも外で猫を追う癖が収まるかもしれない。

ただ、宮脇悟は自分に愛する猫を託すことをよしとするだろうか？　それが気にかかったので本人には連絡せず、話を回してきたその夫妻に返事をした。

宮脇さえよければ引き取ることはやぶさかでないと伝えてほしい。

返事は夫妻からではなく、宮脇悟本人から来た。――しかも電話で。

お久しぶりです、先生！

朗らかで人懐こい声は昔のままだった。まるで昔のわだかまりなど最初から存在しなかったかのようだった。もしかすると自分は彼が卒業したあの日、笑顔で彼を送り出したのだったか――と錯覚しそうになったが、

あんなふうにお別れしたから、ぜひもう一度お会いしたかったんです。

ああ、やはりわだかまったいきさつは存在していたと正気に戻る。

ナナを引き取ってくださるお話ももちろんですけど、もう一度お会いできる機会をいただけたことが本当に嬉しいです。

再会を開けっぴろげに喜ぶ声には何の含みもない。それが嬉しくもあったが、悔しくもあった。二十以上も年下の若造に度量で大敗しているような気がした。

うん、まあ、教え子が困っていると聞いたら放っておけんよ。動物は好きだし、うちの犬も猫が好きでね。

こちらもせいぜい大らかさを装って答えた。

日程を合わせると、週末は久保田のほうの予定が詰まっていた。宮脇が平日でもかまわないと言うので講義の合間を探すと、週半ばの昼間がぽかりと空いていた。

こっちにはどうやって来るんだね。新幹線なら迎えに行こうか。

訊くと宮脇は車で来るという。

ナナは猫のくせにドライブが好きなんです。もし先生に引き取ってもらえることになったら、たまに連れて行ってやってください。

ドッグランによく出かけるから、そのときはナナも連れて行くとしよう。

そんなふうにたわいない会話で電話を切って、いよいよ宮脇がこのマンションへやってくる。

昨日の晩は大学から帰ってきてから掃除をした。掃除機を出したサイクルはいつもより短い。掃除機をかけてから調度の埃が気になって後追いでハタキをかけた。ハタキをかけるのは掃除機の前だと妻に叱られていたことを久しぶりに思い出したが、ハタキをかける気になっただけ意欲の表れだということで勘弁してもらいたいところだ。

お茶と茶菓子くらいは用意しておくつもりだが、宮脇は昼は食べてくるだろうか。午後一時というのは微妙な時間だ。昼飯でも一緒にどうだとこちらから誘うべきだったろうか。来たときに訊いてみて、もし食べていなかったら寿司でも取るか。――ということは、こちらも腹に寿司の隙間を空けられるように昼を軽めに済ませておかなくては。

午前中の講義が終わってから学食に寄り、いろいろと折り合いをつけた結果の天ぷらうどんをすすったが、やっぱり少し物足りないので追加でいなりの三個パックをつけた。ここでいなりをつけてしまうのがよくないんだろうな、とせり出した腹を眺めるが、宮脇が昼を食べていて寿司を取らないことになったらむしろ控えたくらいである。

リリーはナナが落ち着いてから引き合わせたほうがいいだろう、と奥の部屋のケージに入れておくことにする。

そして玄関のチャイムがなった。インターフォンを取ると電話と同じ声が「こんにちは、宮脇です」と名乗った。

ドアを開けると宮脇が猫のケージを提げて立っていた。ひょろりと痩せた体型は学生の頃から変わっていない。人好きのする笑顔も昔のままだ。

「やあ、いらっしゃい」

少し声がうわずったかなと気にしていると、宮脇は「うわぁ、先生……」と目を丸くした。

「随分ふくよかになりましたねえ！」

不意を衝かれて思わず吹き出す。そうだ、昔からこういう学生だった。人懐こいくせに意外と口が悪い。こういう間合いでゼミの学生をしょっちゅう笑わせていた。

「おかげさまでこの十年で二十キロ太った」

「えっ、やばいですよそれ。ダイエットしたほうがいいですよ、成人病とか恐いですよ」

「一人だと自炊が面倒で、つい外食ばかりになってなぁ」

言いつつ宮脇を居間に案内する。

「すごい、きちんとしてますねえ！　先生のご年齢の一人暮らしとは思えませんよ」

「いやまあ、今どきこれくらいは。やもめ暮らしも長いしな」

昨日掃除をしたばかりだということはおくびにも出さない。

「お子さんは……」

「二人とも東京に進学したものでね」

「そうか、もうそんなに大きくなったんですね。今、おいくつでしたっけ？」

「今年、上の息子が大学を卒業したよ。下の娘は今年入学だ」

宮脇はケージを床に置きながら感慨深そうに溜息を吐いた。

「昔は大学生と小学生ってすごい年の差に思えたけど、社会人になってみると意外と大したことないんですね」

宮脇の卒業年度、久保田の長男は小学校六年生だった。

「一緒に働いててもおかしくないくらいですよ。うちの会社、今年は新卒採りましたもん」

それを言うなら、久保田に宮脇くらいの年齢の息子がいても全然おかしくない。もし久保田の結婚がもっと早かったらあり得た話だ。

思えばそんな年頃だった宮脇に、当時は一体何という大人げない当たり方をしたのだったか。

宮脇はケージのフタを開けて中を覗き込んだ。ナナという名のその猫が出てくる気配はない。

「すみません、いつもすぐには出てこなくて……」

恐縮しながら宮脇がケージの中に「おーい、ナナ」と呼びかける。

「かまわんよ、気が済むまで警戒させてやりたまえ。警戒心が強いのは頭がいい証拠だ」

止めると宮脇が頬を緩ませた。猫を誉められたのが嬉しかったらしい。

「昼飯は食ったかい」

「ええ、先生も学校で済ませていらっしゃるだろうと思って」

「猫連れで入れる店なんてあったかね、しかし」

「チェックアウトを少し延長して、ナナにはホテルで留守番してもらってました。それから車でここまで」

車は事前に教えておいたパーキングに駐めてきたという。

「すまんね、来客用の駐車場がないもんだから」

マンション前の路肩に駐めると、一体誰が通報するのかすぐ駐禁の取り締まりが回ってくる。

「まあ座ってくれ、お茶でも淹れるよ。ナナもそのうち出てくるだろう」

茶請けに大学帰りに買ってきた今川焼きを出すと、宮脇が「まだあったかいんですね」と子供のように顔をほころばせた。

「久しぶりに食べるなぁ。今川焼きとか鯛焼きっておやつに出ると不思議と嬉しいですよね」

「こっちでは回転焼きというらしいがね」

こちらに移り住んでから得た豆知識を披露すると、宮脇は律儀に「そうなんですか」と驚いてくれた。ゼミの中でも特に真摯に話を聞く学生として印象に残っている。

しょっちゅうおどけて周囲を笑わせるムードメーカーだったが、勉学態度は常に真面目で誠実だった。だから久保田も特にかわいがっていた。他の学生と贔屓になっていないかときどき自分を省みるくらいに気に入っていた。

それほど目をかけていたのに、どうしてあのとき気づけなかったのか。宮脇のような気遣いのある学生があれほど食い下がるからには、それ相応の訳があったに違いないのに。

時間を巻き戻せるなら、今からでもあのときの自分の口を塞ぎたかった。

宮脇悟という学生を初めて認識したのは、教養課程の単位となる地域経済概論の講義である。あるとき、話の流れで本を一冊紹介した。地場産業のブランディングに成功した村についてのドキュメンタリーで、地方産業を考えるうえで興味深い本である。

それからしばらくして、講義の後に男子学生から声をかけられた。

「この前教えていただいた本、読みました。面白かったです」

課題として出したわけではないので、紹介した久保田のほうももう忘れていた。

「読んだのかね、わざわざ」

「ええ、大学の図書館にあったので」

もしかして出席日数が危うい学生の点数稼ぎかなと最初は少し意地悪なことを考えたが、学生は自分の名前も名乗らずに内容についての感想をあれこれ楽しそうに話しただけだった。人数の多い講義なので久保田のほうは学生の顔と名前をいちいち把握していない。

「何か、ドキュメンタリーっていうより冒険小説を読んでるみたいでした。不利な条件を逆手にとって物事を進めていくところとか、ちょっとＲＰＧみたいな感じもあって」

「ＲＰＧって何だね」

「そうか、先生の年代だとゲームとかあまりなさいませんよね。ドラクエとかＦＦとか……」

ああ、と合点が行った。

「いつも子供にプレゼントでねだられるよ」

「それですそれです」

いかにも今どきの若者らしい語彙の混じった感想は、久保田にも新鮮に届いた。

「一つミッションをクリアしたらまた次のミッションが始まって、経験値もミッションをクリアするごとに溜まっていって……ドキュメンタリーって今まであまり読んだことがなかったんですけど、ものすごくドラマ性があるもんなんだなぁって」

「事実は小説より奇なりというだろう。成功したプロジェクトを追ったドキュメンタリーは特に面白いよ、高揚感があってね。前のめりな人間が集まってる現場には不思議と未来が開けるものなんだな、これが」

「分かります、読んでてわくわくしました」

話しているうちに休み時間の終了を告げるチャイムが鳴った。

「すみません、話し込んじゃって」

慌てて立ち去ろうとした学生を思わず呼び止めていた。

「君、名前と学部は」

「宮脇です。経済学部の二年です」

久保田が訊かなかったら名乗らず立ち去っていたのだろう。面白い本について読んだ者同士で語りたいというだけだったらしい。

それから宮脇には自分の蔵書をときどき貸したりするようになった。

「ゼミ室にもいろいろ置いてあるから、気が向いたら借りにくるといい」

ゼミの責任者は他の教授だが、有名な経済学者なのでテレビ出演や講演など外部の仕事が多く、大学にもほとんど顔を出さない。ゼミの実質的な指導者は久保田なので、ゼミ室の本棚も久保田がほとんど占拠している。

宮脇がゼミ室から借りていく本は久保田の眼鏡に適うものばかりで、意見の交換にも物怖じをせずについてくる。

こういう学生がゼミに来たら楽しいだろうなと思い、翌年にその願いは叶った。

友人たちと連れ立ってゼミを志望してきたが、男女一名ずつのその友人は宮脇が誘ったらしい。女子のほうは実家が山梨の果樹園だそうで、「実家の経営に役立つよって言って誘いました」と宮脇は笑っていた。もう一人、男子の友人はその女子に自動的にくっついてきたらしい。若い者にはよくあることだ。

フィールドワークを主体とした久保田のゼミで、入室早々に夏期合宿のテーマを提案したのも宮脇だった。

「咲田《さきた》さんの実家を演習場所として貸してくれるそうです」

咲田というのは宮脇がゼミに勧誘してきた果樹園の娘である。もう一人誘った杉《すぎ》という男子と三人で高校の頃から仲が良かったらしい。

宮脇が提案した演習は、ゼミを二つのチームに分けて果物の路上販売を行い、売上げを競うというものだった。商品は農作業の手伝いと引き替えに果樹園が融通してくれるという。果樹園側はかき入れ時にタダでバイトを確保できるということで快諾してくれたそうだ。

もともと路上販売は果樹園近郊のいくつかのポイントで実施しているらしく、ゼミの対抗戦の日はその店番を学生に任せてくれるという。

二チーム対抗というゲーム性もあって、学生たちはいつにない盛り上がりを見せたが、チーム分けで紛糾した。

やはり四年VS三年の学年対抗戦じゃないか、でも果樹園の娘と手伝い経験のある男子二名がいる三年のほうが有利になるんじゃないのか、それをいうなら一年多く演習を経験している四年だって――ていうか、これって売上げで負けたら成績はどうなるの？

成績は売上げの多寡ではなくレポートで判断する、と久保田が明言してようやく学年対抗の案で収まった。

「先生、成績はレポートでつけるとしても、勝利チームに何かご褒美があったらモチベーションが上がると思うんですけど」

四年生の悪ガキがそんなことを提案してきた。

「だって何にするんだ、あんまり不公平だったら君たち怒るだろう」

「子供じゃないんだから負けは負けとみんな潔く認めますよ」

久保田に言わせれば、大学の准教授ごときの経済力に過大な期待を抱いていることが子供たる所以だ。

「それなら」

手を挙げたのは宮脇である。

「勝ったチームは打ち上げの乾杯がプレミアムピルスナーってどうですか？」

居酒屋では飲み放題には入っていない銘柄で、学生には高嶺の花だ。しかし、指導教諭が勝利チームに乾杯を奢ってやる分としてはそれほどの痛手ではない。宮脇はこうした折り合いの提案も気が利いている。

いいなそれ、と他の学生も乗り気な様子だ。

「分かった、じゃあ勝利チームはプレミアムピルスナーだ」

久保田も即座に乗って出費を最小限に抑え、内心で宮脇を拝んだ。

迎えた夏期合宿の演習で、果樹園から提供された商品は桃とぶどうである。

そして、四年チームも三年チームも独自の作戦を立ててきた。

四年生は商品の一部を使って試食品を作り、三年生は出荷規格外の〝ハネモノ〟――いわゆるB級品を割安で販売する作戦だ。それぞれ看板で売りをアピールする。作戦アピール用の看板は一枚限り。

ただし、三年チームが看板に書こうとした『激安』は禁止にした。安さをアピールするほかの文言も同様である。安いハネモノに目をつけた作戦勝ちだと三年生は不満を鳴らしたが、正規品とセール品ではハンデがありすぎる。

結局、看板の文言は四年チームが『試食できます』、三年チームが『B級品』となった。

朝一番から夕方まで販売し、軍配は三年チームに上がった。ただし、これは価格差というより店舗の形態と看板の視認性によるもののようだ。国道沿いで車の客を相手にした路上販売では、『試食できます』という文章が長すぎて認識しにくかったらしい。

それに対してB級品の三文字は視認性もよく、言葉自体にお買い得のイメージが含まれているので客の期待感を刺激する。

　これが徒歩客相手の露店や小売店ならまた結果が違ったかもしれない。客との距離が近ければ試食品による呼び込みは強力な売りになる。

　ともあれ、レポートを書くには充分な素材が集まったはずだ。

　その日は合宿の最後の晩だったので、果樹園側が心尽くしの宴席を用意してくれた。

「先生、いつもうちの娘がお世話になってます」

　果樹園の主人がにこにこと地元のワインを注《つ》いでくれるので、強くないと言いそびれた。

「知り合いのワイナリーに特別に分けてもらった物なんですよ」

　そう言われるとますます断りにくい。おまけに口当たりがよいということもあってつい過ごし、気がつくとすっかり回っていた。

　引っくり返る寸前で宴席から引っこ抜いてくれたのは宮脇だ。

「先生、布団が敷けましたから」

　宿は果樹園の離れを貸してもらっている。部屋に戻るとほとんど腰を抜かすようにして布団にへたり込んだ。

「ありがとう、おかげで醜態をさらさずに済んだよ」

「お酒が強い人はお酒が弱い人への想像力が薄いんですよね。僕もあまり強くないので、先生の様子は気になってたんです。僕は無理に飲ませられそうになると雑用係に回って逃げちゃうけど、先生はそうも行かないでしょうし」

ゼミの飲み会などではいつもこまねずみのようにかいがいしく動き回っているとのを思っていたが、そういう思惑があったとは知らなかった。

「飲めなくても楽しんでるからそっとしといてもらえたらいいんですけどね」

宮脇は場の雰囲気を楽しむタイプらしい。

「咲田さんのお父さんは強いのかい」

「強いですねぇ。僕も杉も高校生の頃はよく潰されてました」

「おいおい、未成年だろう」

「固いこと言いっこなし。そもそも咲田のお父さんが勧めるんだから、意見は咲田のお父さんにお願いします」

宮脇は意見しにくいところへ矛先を逸らして涼しい顔だ。

杉は高校生の頃にそこそこ鍛えられたようだが、宮脇はあまり訓練の甲斐がなかったらしい。

「でも、一番お父さんに鍛えられてるのは咲田ですよ」

宮脇はそう言って笑った。

「だから、この合宿もずっと不満たらたらです。実家だと手伝いでこき使われて全然飲むほうを楽しめないってずいぶん苦情を言われました」

「そうか、そりゃあ悪いことをしたな。しかし、有意義な合宿になってよかった。発案者の君のおかげだな」

君がゼミに来てくれてよかったよ、と酔った弾みで口が滑った。

「他のゼミに行くかなと思っていたんだが」

気持ちのいい学生なので、よそのゼミの指導教諭にも何人か目をかけられていた。

「僕はけっこう早いうちからこのゼミにしようと決めてましたよ」

「どうしてだい」

「先生と本の話をするのが楽しかったし、ゼミ室に初めてお邪魔したときいいなぁって思ったんです」

さて、何かそんなことを思わせるようなことがあったかなと首を傾げる。

「先生、机にご家族の写真を飾ってあるでしょう？　飼ってらっしゃる猫ちゃんとワンちゃんも一緒に写ってて、いいなぁと思ったんです」

「猫派かね」

尋ねると宮脇は目をぱちくりさせた。どうやら言い当てたようだ。

「猫を先に言ったからね」

すると宮脇は笑って頷いた。

「どちらも好きですけど、自分で飼うなら猫派です。子供の頃に猫を飼ってて」

「どんな猫だったんだい」

久保田が訊くと、宮脇は嬉しそうに答えた。

「ハチって名前だったんです。すごく聞き分けがよくて、やさしい猫でした。おでこに八の字のぶちがあって、体は白くて、しっぽは黒いカギしっぽでした」

「カギしっぽか、幸運の猫だな」

「そうなんですか？」

宮脇はどうやらその縁起を知らなかったらしい。久保田もどこで知ったかは覚えていないが。

「カギしっぽの猫はしっぽのカギに幸運を引っかけて持ってくるそうだよ」

そうなんですか、と宮脇はまるで嘆息するように呟いた。目がとろけるように笑んでいる。

「じゃあ、カギしっぽの猫は絶対幸せになりますよね？　自分のしっぽに幸運をぶら下げてるんだから」

「まあ、理屈から言えばそうだね」

そうか、と宮脇はまた目をとろけさせた。

「先生の写真を見ていつも思ってたんです。こんなふうに飼われてたらいいなって」

何でも子供の頃に飼っていたその猫は、事情があってどうしても手放さなくてはならなくなり、親類に引き取ってもらったという。

「何しろカギしっぽだからな。きっと幸せになっただろうよ」

「よかった！」

それから猫の話でしばらく盛り上がり、そのせいかその日は猫の夢を見た。宮脇の話で聞いたような猫が出てきた。

翌朝、宮脇にその話をしてやると、「本当ですか⁉」と目を輝かせた。

「幸せそうでしたか？」

「さあ。ただひなたぼっこをしているだけだったから何とも言えんね」

「ひなたぼっこをしてるんなら幸せに違いないですよ」

そして宮脇は少し不満そうな顔になった。

「俺の夢には出てこないで先生の夢には出るなんて、ハチのやつ薄情だなぁ」

本気で拗ねているその様子がおかしかった。

＊

「そうそう、先生の夢には出たのに、僕の夢には出なかったんですよね」

「そんなことでむくれているからおかしかったよ、あのときは」

サトルはそんなことでむくれる男なんですよ、先生。僕は二人の話を聞きながら、おかしくて仕方なかった。

ハチにしてみれば、何でサトルが自分を夢に見てくれないんだと不本意だと思うけどね。

「そういえば、ナナもしっぽはカギだね。ぶちも……」

先生がソファから僕を振り向いた。この先生の声はくぐもって聞き取りにくいので、話の途中から僕はケージを出たのである。

「そうなんです。ハチにそっくりなんですよ。初めて見たときびっくりしました。しっぽのカギの向きは逆なんですけど。上から見たら数字の7の形をしてるんです」

ラッキーセブンのカギしっぽですよ、先生。ハチより幸運を引っかける能力は高いと自負しております。

「そうか、じゃあナナとは運命的な出会いだったんだね」

おっ、いいこと言うね先生。その調子で説教してやってくれませんか。

幸運の7のカギしっぽがぶら下げてきた運命の出会いを、ゆめ自分から手放すものじゃないってね。

「そうそう、ケーキも買ってあったんだ。食べるかい」

腰を上げた先生をサトルが「いえ、もう」と慌てて押しとどめた。

「ずいぶん食が細いんだな。若いものがそんなことじゃいかんぞ」

いやいや！　確かにサトルも最近食が細いけど、先生が繰り出してくるおやつはちょっと量がおかしいですよ。

今川焼きに始まって、やれおかきだせんべいだ、果物はどうだ、カステラは、といった具合で、これに付き合っていたら確実にデブになる。サトルは最初の今川焼きで既に持て余し気味だ。

「そうか、女子学生がおいしいと言っていた評判の店だったんだが……」

しょんぼりしてしまった先生がかわいそうになったのか、サトルは「じゃあちょっとだけ」と折れてしまった。

先生が席を立ってから、僕はサトルのところに行って膝に乗った。

「出てきたね、ナナ。先生のところは気に入りそうかな」

いや、話が聞き取りにくいから出てきただけですよ。ここの家は犬を飼ってるって話だから、その犬に喧嘩の一つも売れば破談の理由に事欠かないしね。

サトルは台所をがちゃがちゃやっている先生を眺めて小さく呟いた。

「先生、やっぱりあのときのこと気にしてるのかな……」

僕もおかしいとは思っていた。

次から次へとおやつを繰り出してくるのは、間が持たないからだ。少しでも話が途切れると、先生は途端にそわそわしだして台所へ逃げる。結果、怒濤のおやつ攻勢だ。

こんなの猫じゃなくても分かる、何かサトルに対して引け目があるに違いない。

「どれでも好きなのを取りたまえ」

そう言って先生が持ってきたケーキの箱にはケーキが六つも入っていた。やっぱり二人という人数に対して明らかに数がおかしい。

サトルも少し慄いた様子だが、箱の中に薄いみかん色のゼリーが入ってるのを見て息をついた。どうにか押し込めそうなものがあってほっとしたらしい。

「これいただきます」

「そうか、それは今月の限定品だそうだ」

言いつつ先生は自分のお皿に見るからにこってりしたモンブランを載せた。今まで散々お菓子を食べたのに、まったくおなかがくちくなった様子はない。——もしかすると、何やら引け目があるのとは別に、一人頭のケーキの数の常識が違うのかもしれないね。

サトルは食べ切って次を勧められないように、ゼリーを小さなスプーンでちびちびとすくっているのがおかしかった。

＊

ごく良好だった宮脇との関係がおかしくなったのは、久保田の家庭の事情が原因だった。

妻に悪性の腫瘍が見つかった。余命一年という診断が下ったのが宮脇の学年が四年生になった頃だった。

最初は誰にも言うつもりはなかったが、秋口に妻が入院し、病院に通いながらの世話が始まるとそうも言っていられなくなった。家で子供たちやペットの面倒を見ながら家事を切り盛りし、病院にも通うという状態を、学生に隠しおおせることができるほど久保田の生活実務能力は高くなかった。そうでなくともフィールドワークが多く、学生との交流が密なゼミである。

事情を打ち明けると、学生たちは久保田の負担が軽くなるようにとゼミの運営方法をあれこれ工夫してくれた。

中でも特に綿密に手伝ってくれたのは宮脇である。ゼミだけではなく完全に私用の買い物なども積極的に引き受けてくれ、チャイルドシッターが手配できないときなどは久保田の自宅で子供の面倒まで見てくれた。

宮脇は子供の相手をするのが上手く、子供たちは宮脇によく懐いた。ペットの世話なども妻が入院するまで親にお任せだったのが、宮脇に週に一度ほど留守番を頼むようになってからは子供たちが自分で世話できることは世話するようになった。

どうやら「宮脇のお兄ちゃん」がペットの世話を楽しそうにするから、自分たちも真似したくなったらしい。やがて犬の散歩はすっかり長男の仕事になったほどだ。学校から帰って日のあるうちに連れていく。

「すまないね、いろいろ」

久保田が恐縮すると、宮脇は「お安い御用です」と笑った。

「ミーちゃんやジョンに会えるのも楽しいし、今年は授業もゼミだけですしね」

感心なことに必要な単位は去年までに全部取ったらしい。就職の内定も決まったという。

甘えやすい条件がそろっているのでずるずる甘えてしまった。妻の病状なども聞いてもらい、弱音も大分吐いたと思う。

妻は低空飛行する紙飛行機のように小康状態を保っていたが、年が明けてからがくっと容態が悪くなった。

おそらく桜は見られない。医師にもそう宣告された。

そんなある日、とっくに卒論も提出し終えた宮脇がアポを入れてゼミ室に訪ねてきた。

ずいぶんと深刻な顔をしていた。

「どうしたんだね、一体」

病院に行く時間を気にしながら促すと、宮脇は何かを思い決めた様子で切り出した。

「先生、お子さんたちに奥さんのことを打ち明けてください」

——一体何を言い出すかと思えば！

子供たちに妻が死病であることは話していない。上の長男でもまだ小学校六年生だし、長女はそれより四つも下だ。母が助からないと突きつけるのは忍びない。

子供たちに辛い思いをさせないように、最後の最後まで自分一人で背負う覚悟を決めていた。

子供たちが知るのはそのときが訪れてからでいい。母親がもう助からない悲しみに苛ませながら見舞いに行かせたくない。

どうか最後の最後まで、母親とのふれあいが幸せな時間であるように。

「差し出たことだ！」

ほとんど反射のように突き放していた。

「先生！」

よりにもよって宮脇が、この期に及んでこんな差し出口を。相手が宮脇だったからこそ怒りは奔騰した。

自分の気持ちを一番分かってくれていると思っていた。だからこそこれほど献身的に手伝ってくれていると思っていた。

「人の家庭に口を出すのはやめてもらおう！」

それまで散々宮脇に家庭を手伝わせておきながら、調子よくすべて棚に上げた。後で思い返すと自分の身勝手ぶりに身が竦んだ。

しかし、宮脇も一蹴されようとはしなかった。

「先生、子供たちはもう分かってます！」

そう切り込まれて、完全に頭に血が昇った。まさか——

「言ったんじゃないだろうな！」

「言ってません。でも子供でも分かるんです、最期が近いということは」

冷静に聞いていれば、宮脇の言っていることが分かったと思う。だが、そのときは疑心暗鬼になるばかりだった。

言ってないと言いながら本当は言ったのじゃないか。あるいは今言っていないとしてもいつか黙っていられず言うのじゃないか。

「先生が奥さんを大事なように、子供たちもお母さんが大事なんです！　お母さんがいなくなるなら子供だってちゃんとお別れしたいんです！　お願いですから子供たちにお母さんとさよならをさせてあげてください！」

まるで子供の気持ちを分かっていないとでも言いたげな宮脇の物言いが殊更に癇に障った。子供もいないくせに一体何を。まるで子供たちには自分のほうが寄り添えているとでも言うかのような。

「親なら子供に後悔のないようにさせてやるべきです！」

「親の気持ちも分からないくせに余計なことを言うな！」

もし、時間を巻き戻してその言葉を取り戻せるのなら。後からどれだけそう悔んだか知れない。だが、宮脇は彼にとっての傷を捏ね回されながら一歩も退《ひ》かなかった。

「親の気持ちは分からないけど、子供の気持ちは分かります！　俺は子供だったから、子供たちの気持ちが先生よりも分かります！」

――その言葉を宮脇はどんな思いで絞り出したのか。

「子供だって、ちゃんと間に合うならさよならをしたいんだ！　大好きだって、ありがとうって、言いたいんだ！」

まるで慟哭のようなその声に圧倒されそうになった。

圧倒されそうになって、無我夢中でシャッターを下ろした。

「もう二度とうちへ来るな！　俺の子供に近寄るな！　――ゼミにも出る必要はない！」

宮脇の表情が絶望に閉ざされた。――どうして、他人事なのにこんな顔ができる。

目の前で世界が終わったようなその顔に向き合うのが恐ろしくて、逃げるようにゼミ室を出た。

そうして、それが宮脇の在学中に差し向かいで顔を合わせた最後になった。


ゼミに出る必要がないと言ったのは嘘ではない。宮脇は年が変わる前にもう卒論を出していた。文句のない出来だった。

宮脇は久保田の無体な言いつけを守り、その後ゼミには現れなかった。用がなくてもゼミ室にちょくちょく顔を出していたムードメーカーがぱたりと来なくなり、学生たちは最初不審がっていたが、宮脇は内定先の研修があると言い繕っていたらしい。

子供たちに事情を明かせと迫ったあの剣幕がどうにも気にかかり、宮脇と一番仲がよかった杉という学生にそれとなく話を聞いた。

「子供たちのことをずいぶん心配されてね。子供たちにひどく思い入れていたが、宮脇には何か事情があるのかい」

杉は合点が行ったような顔をした。もしかすると宮脇から何か聞いていたのかもしれない。

「子供の頃に両親を事故で亡くしてるんです。ちょうど先生のご長男と同じ年頃だったと聞いてます。ひょっとしたら思い入れが強すぎて立ち入ったことを言うかもしれませんけど……」

分かってやってください、と付け足せるものなら付け足したいような口調だった。

「分かった、ありがとう」

礼を言いながら打ちのめされていた。

これほど打ちのめされたのは妻の余命を聞いたとき以来だった。

自分が宮脇に投げつけた言葉が巻き戻され、自分自身を苛んだ。

親の気持ちも分からないくせに。——子供の時分に両親を失った宮脇は、どんな思いで久保田の言葉を聞いたのか。

宮脇はどれだけ知りたくてももう自分の親の気持ちを知ることはできない。こんなとき親ならどうかと問いを投げることとも。

俺は子供だったから、子供たちの気持ちが先生よりも分かります——宮脇が知っているのは、確かに子供の気持ちだけだ。

ある日、突然両親の死を告げられる子供の気持ちしか彼は知らないのだ。

その話を知って揺れた。言うべきか。言わざるべきか。

いよいよ、という秒読み段階に入ったとき、迷いに迷って長男にだけ打ち明けた。

お母さんはもう長くない。

長男は泣いたが、あまり動揺しなかった。宮脇が言ったように予感があったのかもしれない。

見舞いに行っても妻の意識がはっきりしている時間は少なかった。

長男はそのわずかな時間に「お母さんありがとう」と「お母さん大好き」を何度も繰り返した。

妹にもほとんど命令するように言わせていた。

妻はもうほとんど喋れなかったが、聞こえているときは頷いていた。

間に合うならちゃんとさよならをしたい。ありがとうと、大好きだと言いたい——そう言っていた宮脇とまったく同じ言葉を選んでいたので、やはり宮脇は子供たちに妻の容態を話していたのではと思ったが、懸命に妻に言葉を届ける長男を見るとそれでもいいような気がしてきた。

臨終は寒の戻りが厳しい二月の下旬だった。

葬儀が終わってから、長男が言った。

「お父さん、教えてくれてありがとう」

涙が溢れた。

言ってよかったと肩の荷が下りた。下の娘はまだすべてを理解できる年ではないが、息子から
さよならを奪わなくてよかったとほっとした。

――それを進言してくれた宮脇は、ほぼ一ヶ月後に卒業を迎えた。

謝恩会は喪中ということで欠席したが、卒業式には参列した。

式が終わって、ゼミの学生たちが挨拶に来た。喪中の久保田にどう言葉をかけていいものかと
戸惑っており、話は短く終わった。

その中に宮脇も一緒にいたが、結局言葉は交わさなかった。話さなくても不自然でない雰囲気
だったのでそれに乗じた。

身勝手にいいだけ傷つけた宮脇に今さら触れることが恐かった。

宮脇が帰り際に無言で頭を下げた。

久保田の側も目礼して終わった。

*

「結局、あのとき長男には妻が長くないことを言ったんだ」

先生の告白に、サトルは「そうでしたか」と小さく笑った。

「君に言われなかったら、子供たちと妻にきちんとさよならをさせてやれなかった。それなのに……」

先生はいきなりがばっと頭を下げた。

「本当にすまなかった！」

「やめてくださいよ、先生！」

サトルは僕が膝に乗っていることも忘れて腰を半ばまで浮かせた。おっとっと、今のは僕じゃなかったら転がり落ちてましたよ。

先生が顔を上げたので、サトルは少し落ち着いたらしい。またソファに腰を下ろした。

「僕のほうこそ、先生のお気持ちも考えずに自分の事情をぶつけただけで……それなのにきちんと受け止めてくれていて、申し訳ないくらいです」

そしてサトルはぺこりと頭を下げた。

「すみませんでした」

先生はサトルに謝られてきょとんとしていた。

「最近、ようやく先生や奥さんのお気持ちが分かるようになったんです。もし、自分がさよならをしないといけない側だったらって」

もし——余命一年で、手の施しようがなくて、さよならするしか仕方ない立場だったら。

「僕もきっと、最後の時間を悲しくしたくないだろうなって。大好きな人の笑顔を最後まで見ていたいだろうなって」

大人だろうが子供だろうが結局自分の都合が優先だ。最後だからさよならをしたい、最後まで悲しいさよならなんかしたくない。

大人と子供の境目なんて曖昧なもんさ。その境目が存在するって信じてる子供ほど、大人たるものこうあるべきだってしかつめらしく語るんだろう。そう語るアナタはいつ、どれほど大した大人になったんだい？

「それなのに、僕はまるで先生や奥さんの選択を詰るようなことを」

人間はきっと、自分のジャッジを本能でなく気持ちに委ねた時点で、僕たち動物が持っているおとなとこどもの境目を失った。曖昧な境目を探して自分ならとあがくしかない生き物になった人間は、自分の信じる大人にしかなれないのだ。

親なら子供にこうしてやるべき、自分のジャッジで先生を詰った時点でサトルは子供だ。——でも、子供だからこそ揺り動かせるものが人間にはあるのだろう。

動物なら年経たものが一番かしこいと決まっているけどね。

「だから、今日はナナをお願いするだけじゃなく、先生にお会いして謝れることが嬉しかったんです」

先生は俯いてふるふると首を横に振った。洟をすすりあげ、どうやらちょっぴり泣いちゃったみたいだ。

先生はもう沈黙を恐がるみたいにお菓子を次から次へと繰り出さなかった。

腰を落ち着けて、サトルの目を見ながら、昔の思い出をたくさん話した。楽しそうにたくさん笑った。

——名残は尽きないが、そろそろ時間だ。

「そろそろうちの犬と顔合わせをさせようか」

先生がそう言って腰を上げた。

「お名前は何ていうんでしたっけ」

「リリーだよ。猫が大好きな犬だから心配ない」

そして先生が居間を出る。

戻ってきたときは犬が先だった。——正確には、犬が先生を振り切って躍り込んできたのだ。

猫だ————！　猫だ猫だ猫だ猫だ遊ぼ————！

テンションMAXで僕らに向かって飛びかかってきたのは、——子牛のような体高のグレートデンだった。

いくら何でもでかすぎだろ、バカ————————！

さしものサトルが思わず立ち上がって逃げ腰になり、僕は光の速さでサトルの頭に駆け上った。

背中は弓なり、しっぽは爆発、遊ぼう遊ぼうと犬はしゃぎのグレートデンを思いっきり威嚇する。

体格差考えろ、その勢いで遊べるかっ！

グレートデンにのしかかられていたサトルがついにソファの上に潰れた。

猫————！

絶体絶命、大ピンチ。悪気なくてもこのテンションでじゃれかかられたら中身が出ちゃう。

僕はシャッと唸って爪を翻らせた。キャイン、と犬の悲鳴が響く。

来んな！　寄るな！　下がれ！

グレートデンはようやく一歩退いたが、まだこっちにじゃれる隙を窺っている。今のちょっと痛かったよ、ひどいよ、それはそうと機嫌いつ直る？　機嫌直ったら遊ぶ？　うずうずうずうず、しっぽが百万言を語っている。

この状態でどーやって機嫌直るんだ、バカっ！

「もしかしてナナは犬は苦手かい」

そういう問題じゃね――――！

「いや、そういう問題ではないかと……」

通訳ご苦労！　僕は巨大すぎるリリーを威嚇してなくちゃならないので、先生の相手まで手が回らない。

「残念だけど、ちょっとナナのほうが無理みたいですね」

「そうか……」

先生はようやくリリーを奥の部屋に引っ込ませてくれたが、その先生をも引き倒してリリーがこちらへ戻ってこようとしたのは余談である。

「ナナとの見合いは残念だったが、会えて嬉しかったよ」

「僕もです」

そうして師弟はすっかりわだかまりのなくなった顔で握手を交わした。

「一つだけ訊いてもいいかい」

別れ際に先生は遠慮がちにそう切り出した。

「はい、何でしょう」

「長男は妻が亡くなる前、ありがとう、大好きと何度も言っていた。君が間に合うなら言いたいと言っていたことと同じだった。ひょっとして、君は妻のことを子供たちに話したかい？」

いいえ、とサトルは笑った。

「同じ言葉になるのは当たり前ですよ。子供が最後に親に言いたいことなんか、愛されてたならありがとうと大好きくらいしかないじゃありませんか」

なるほど、と先生は腑に落ちた顔になった。

「奥さんのことは先生しか言っちゃいけないことです。だから僕はあんなに先生と喧嘩をしたんです」

そうか、と先生は何度も頷いて、最後に笑った。

「あのとき、私と喧嘩してくれてありがとう」

先生こそ、サトルにその言葉をありがとう。胸が詰まってしまったらしいサトルに代わって、僕はケージの中からお礼代わりのお愛想を鳴いた。


先生のマンションを後にして、サトルは石畳の異国風の街並みを歩きはじめた。幹線道路から少し奥まっているせいか行き交う車も少なく、ゆったりとした気持ちのいい道だった。

僕もちょっと歩こうかな。リリーによだれをたっぷりなすられたから、このままだとケージに犬のにおいが籠もっちゃう。

僕がケージのカギをちょいちょいやると、「ナナも出るかい」とサトルがフタを開けてくれた。

白い石畳はいつも歩いているアスファルトとは足裏の感触が違う。石の表面はひんやりして、ゴツゴツして、肉球が気持ちいい。歩いてるだけで健康になっちゃいそうだ。

カシャッとカメラのシャッター音がして、振り向くとサトルが携帯をこちらに向けていた。

「絵になるねえ、ナナ」

サトルは今撮った一枚を確認しているらしい。

「少し遠回りして帰ろうか」

そして、サトルは歩きながら何度か僕を写真に撮った。僕も何度かかわいいポーズをサービスしてやった。

犬のにおいが充分風に飛んだ頃、駐車場に帰り着いて銀色のワゴンに乗った。

子牛のような犬を気迫だけで押しとどめていた疲れが出たのか、サトルが車を出してしばらく、僕はすうっと眠りに落ちてしまった。


「ナナ、休憩だよ」

サトルの声にそっと起こされ、僕はあくびをしながら頭を振った。今どこ？　首を伸ばして窓の外を窺うと、すぐそこに満々と水がたたえられた水面《みなも》があった。

「琵琶湖だよ。行きに寄ってみようかって言ってたろ」

僕は寄らなくていいって言ったんだ！

「ほら、降りてみようよ」

わざわざ海のときみたいなホラーな思いをしなくても……気は進まなかったが、サトルは僕を抱っこして車から降ろしてしまった。

重たい腹に響く波の音を覚悟していたが、――こいつはちょっと拍子抜け。湖の岸辺には静かな波が繰り返し寄せているだけで、恐ろしくうねる轟きは聞こえない。同じように水平線が見えるのに、海と湖は全然違うんだね。

これだったら散歩する分にはいいよ。僕はご機嫌で岸辺を歩いた。

近くには同じように湖を見物している人がちらほらいる。

と、カメラをかまえてきょろきょろしていたおじいさんが、サトルと目が合ってあっと表情を明るくした。

「すみません、写真を撮ってもらえませんか」

どうやら一緒に来ている奥さんと記念写真が撮りたいらしい。

サトルはこんなふうに通りすがりの人に頼まれ事をすることが多い。きっと声をかけやすいんだろう。

「お安い御用ですよ」

カメラを受け取ったサトルは、フレームを覗きながら老夫婦に声をかけた。

「もうちょっと右に寄ってください。そうそう、そこがきれいです」

一生懸命いい笑顔を作る老夫婦に向けてシャッターを切り、「念のためもう一枚行きますね」とまたパシャリ。

「ありがとうございました」

終わったらしいので僕がサトルに歩み寄ると、おばあさんのほうが「あらっ」と声を弾ませた。

「あなたの猫?」

「はい、ナナっていうんです。しっぽが7の形のカギしっぽだから」

いつもいつも思うけど、行きずりの人にいちいち名前まで申告する必要はないんじゃないの？

まあ、サトルとしては僕に関心を持ってもらえるのが嬉しいのだろう。

「一緒に旅行？」

「そうなんです」

するとおばあさんはいいことを思いついたように手を軽く叩いた。

「よかったらあなたたちの写真も撮ってあげましょうか。後で送ってあげる」

「おお、そりゃあいい」

おじいさんもすっかりその気、「いいんですか？」とサトルもその気だ。

サトルはいそいそ僕を抱っこして湖を背にする場所へ立った。

おじいさんは何枚かシャッターを切って、サトルに画像を確認させた。

「これでいいかい」

「うわぁ、ありがとうございます。よかったなぁ、ナナ。かわいく撮れてるぞ」

猫ばかがだだ漏れだ。

サトルは老婦人に住所を教えて、挨拶して別れた。

——東京へ帰ってしばらくして、その写真は送られてきた。

宛名の文字は僕にはみみずがうねうねのたくっているとしか思えなかったが、サトルによると「すごい達筆」らしい。

短いメモには「先日はありがとうございました、どうぞお元気で」と書いてあったそうだ。

サトルは三枚入っていた写真をためつすがめつ眺めて目を細めた。

「初めてのツーショットだね、ナナ」

サトルは一人暮らしなので、僕らが一緒に撮った写真は今までなかった。

「嬉しいなぁ」

サトルはさっそくその写真を写真立てに入れて飾った。

そのとき住んでいたマンションはその後しばらくして引き払ったが、サトルは次に住んだ部屋にもその写真を大事に飾っていた。――僕が立ち入れない病室に移ってしまったときもやっぱりその写真は持っていった。

そうしてその写真は、サトルに必要なくなってから僕のところに戻ってきた。

僕が一生その写真を眺めて幸せに過ごしたことは、また別の話である。

fin.

猫の島

＊

「リョウ、猫の島に行こうか」

カメラマンだった父が、晩ごはんを食べながら突然そんなことを言ってきた。

父が再婚し、北海道から沖縄に移住してしばらく経った頃だ。

父が再婚した女性は晴子《はるこ》さんといって、お日様みたいに笑うとても素敵な女性だった。だけど、ぼくは死別した最初の母親のことが忘れられなくて、なかなか晴子さんをお母さんと呼ぶことができずにいた。

今となっては、そんなぎこちない昔があったことなど信じられないくらいだけれど。

当時の父は、そんなぼくを晴子さんと親しませようと、ことあるごとに「家族でおでかけ」をごり押ししてきて、ぼくは少々うんざりしていた。

こちらも繊細なお年頃の少年だ。ごり押しされればされるほど、晴子さんをお母さんと呼べるタイミングは遠ざかる。

でも、猫の島という言葉にはちょっと惹かれた。何やらファンタジックな物語でも始まりそうなフレーズだ。

「猫の島って？」

ぼくは晴子さんに向かって尋ねた。晴子さんの仕事は旅行のガイドだ。食卓で得意分野の質問を振るという子供なりの気遣いだったが、

「竹富島だよ。猫がたくさん住んでて、最近、猫好きの間で話題になってきてるらしいんだ」

大人の気遣いができない父によって、ぼくの気遣いは撃沈した。晴子さんと目が合い、どちらからともなく笑いが漏れる。

困った人ね。

ええ、まったく。

「どうやって行くの」

この質問には晴子さんが答え、ようやくぼくの気遣いが日の目を見た。

「那覇から飛行機で石垣島に渡って、そこから船よ。高速船で十分くらい」

「へえ、けっこう近いんだ」

沖縄は離島がたくさんあって、連絡の小型飛行機の便がたくさんある。ちょっとそこまで、に飛行機がちょいちょい出てくる沖縄の地理感覚にも、そろそろ慣れてきた。

「カツさん、引き受けることにしたの？　猫写真」

そう尋ねた晴子さんに、父は空の茶碗を差し出しながら浮かない顔だ。

「うん、ちょっと断り切れなくてさ」

あら、と首を傾げながら、晴子さんがお代わりを注ぐ。

「動物写真は専門じゃないって言ったんだけど、それでもいいからってさ」

聞くと、父の知っている編集部からの依頼だという。雑誌の猫特集で旅と猫というコーナーを作ることになり、竹富島も候補地に挙がったのだが、自社のカメラマンを竹富島まで出張させる予算がないらしい。

そこで白羽の矢が立ったのが、沖縄に移住した知り合いのカメラマンというわけだ。後に竹富島は猫のいる島として有名になったが、その頃は知る人ぞ知るという感じだったので、その編集部はなかなかいいアンテナをしていたということになる。

「いいじゃない。カツさん、動物好きでしょう？」

晴子さんは、まだまだ父が分かっていない。

「いや、でも、仕事となるとさぁ。猫はちょっと相性が……」

「あら、猫、嫌いだっけ？」

返事に窮してしまった父に代わって、ぼくが答えてやった。

「お父さんは猫が嫌いじゃないけど、猫のほうは大体お父さんが好きじゃないんだ」

うるさいな、と父がお代わりのごはんにゴーヤーチャンプルーをワンバウンドさせてかき込む。要するに、触りたい遊びたいと、うるさくかまいすぎるのだ。わーっと行って、逃げられる。あるいは、シャーッと怒られる。

「犬ならまだなぁ」

犬だって、相手にしてくれるのはオープンハートな奴か大人な奴だけだ。人見知りな犬は怯えさせるし、気難しい犬には吠えられる。

昔、奈良に行ったときは、子鹿を見つけて「バンビだ！」と突進し、親鹿に怒りのタックルを食らっていた。

その話を晴子さんに披露してやろうかな、と思ったが、――亡くなった母と一緒だったことを思い出して、やめた。

「オオサンショウウオとかだったら上手に撮れるかもね」

代わりにそう茶化すと、父は「逃げ足早くなさそうだしな」と真顔で頷いた。カメラマン的に負けの発言だ。

「みんなで行くなら土日か祝日がいいわね」

晴子さんがお箸を置いて、自分の手帳をめくり始めた。晴子さんは、休みの日はガイドの仕事が入っていることが多い。

「再来週の週末なら空けられるわ。月曜日が創立記念日だから二泊三日にできるし、いいんじゃない？」

創立記念日というのは、ぼくの小学校の創立記念日だ。カレンダーにはもちろん書いていないので、ぼくは晴子さんがそう言うまで創立記念日のこと自体すっかり忘れていた。

晴子さんの手帳には、ぼくの学校のことが書いてあるんだな——そう思うと、胸がむずがゆいような気持ちになった。晴子さんの手帳にぼくの学校のことを書いてあるのは、晴子さんがぼくの「お母さん」になったからだ。毎日ごはんも作ってくれるし、洗濯も掃除もしてくれる。学校の懇談会にも晴子さんが来る。父が行ったところで連絡事項がぐだぐだになることは明白なので、正しい役割分担だ。

毎日、晴子さんはぼくの「お母さん」をやってくれている。

そんな晴子さんのことを、ぼくはいつまで「晴子さん」って呼ぶんだろう。

だけど、晴子さんを「お母さん」と呼ぶのは、やっぱりまだ戸惑いがあった。母が亡くなってから、まだ二年と経っていない。

何も言わずに朗らかに笑っていてくれる晴子さんに、ぼくはすっかり甘えさせてもらっていた。

「お母さん」と呼ばないことで。

「よし、じゃあ再来週な」

父が上機嫌にそう言って、猫の島に行く日取りは決まった。


当日は晴天に恵まれた。

朝一番の便で那覇空港から石垣島へ、石垣空港からフェリー乗り場までは連絡バスで約三十分。晴子さんが完璧な乗り継ぎを手配してくれたので、家を出てからものの三時間ほどでぼくたちは猫の島に渡る高速船に乗っていた。

その日の沖縄の海の色も、毎度冗談みたいなターコイズブルーだった。ぼくが沖縄に来てから一番びっくりしたのは、咲き誇る南国の花より、照りつける真っ白い太陽より、ごくありふれた港かもしれない。

小さな漁港の中に満ちる海の色まで、まるで絵の具を溶かしたみたいに明るい青なのだ。子供が遊びで作ったきれいな色水みたいな青が、岸壁から沖の沖まで続く。

石垣港もそんな感じだった。冗談みたいなターコイズブルーが竹富島まで続く中を、高速船が水切りの石みたいにすっ飛ばす。時間にしておよそ十分。

父は景色も押さえなくてはと、フェリーに乗る前から要所要所でカメラのシャッターを切っていた。

船が竹富島の桟橋に着き、お客さんがどやどやと降りていく。

フェリー乗り場を出たところにマイクロバスやワゴンが待っていた。全部宿からの迎えの車だ。一周わずか九・二kmの小さな島なので、タクシーの客待ちなどは一切ない。そもそも、タクシー会社がない。

お客さんはそれぞれ車に乗り込んで去っていったが、ぼくたちは父の撮影がある。船の着いた桟橋やフェリー乗り場など、港の景色を父は手早く撮影していった。

「猫、いないね」

日陰で父を待ちながら、ぼくは晴子さんにそう尋ねた。さっぱりとした港には今のところ猫の姿は見当たらない。猫の島というからには、桟橋から猫がずらりと並んでお出迎えというくらいの光景を想像していたので、少し拍子抜けだ。

「集落や海岸のほうにたくさんいるわよ。港はみんなすぐに通りすぎていっちゃうからね」

この辺りに住み着いても、観光客がくれる餌などの実入りは少ないということなのだろう。

着いた船がまたお客さんを乗せて出港するまでものの五分、船が港を出ていくまでを父が写真に収めた頃、バスの停留所にワゴンが一台やってきた。

晴子さんがワゴンに向かって手を振った。

「カツさんの撮影が終わった頃のお迎えをお願いしておいたの」

さすがに時間の読みはばっちりだ。晴子さんは再婚する前から、父の沖縄の撮影旅行のガイドをたくさんしていた。

港から島の中央部の集落まで、車だとゆっくり走ってもものの二、三分。途中ですれ違った車は一台もなかった。

舗装道路が途切れて、車が白砂の道に乗り入れた。集落の道路は舗装されておらず、低い石垣の民家が連なる中を、白砂を敷き詰めた道が縫っている。民家は沖縄ならではの赤瓦、屋根にはシーサーが乗っている。

ワゴンは一際とぼけたシーサーが乗っている小さな民家の前で止まった。

「おっ、嬉しいなぁ。ここにしてくれたんだ」

父が弾んだ声を出す。

「初めて晴子さんにガイドをしてもらった撮影旅行で、最後に泊まったのがここだったんだ」

「普通の家に見えるけど……民宿？」

民宿にしてもこぢんまりとしていて、一家族寝泊まりするのが精一杯という感じだ。

すると、晴子さんが横から説明してくれた。

「実家が竹富島で空き家になってる人が、観光客に家を貸してくれるのよ。たまに人が寝泊まりしたほうが家が傷まないからって。コテージみたいなものだと思えばいいわ」

どうやら、晴子さんの知り合いが、仕事の片手間にやっている商売らしい。

父が張り切って車を降り、運転手さんと一緒に荷物を下ろしはじめる。カメラの機材があるので、普通の家族の二泊三日よりは荷物が多い。

晴子さんが一面芝生の庭に入り、石垣の隙間に手を入れた。隙間から取り出したのは、木札がついた鍵である。

あまりにアナログな鍵の受け渡しに、ぼくが「えっ」と驚いていると、晴子さんが笑った。

「立ち会えるときは直接鍵をもらうんだけどね。立ち会えないときはこうしてるのよ」

「それ、オッケーなの？　島的に」

何というか、防犯的な意味で。

「オッケーなのよ、島的に」

まあ、確かにわざわざ竹富島まで空き巣を働きにくる奴もいないだろう。

家に上がると、一目で間取りが見渡せた。和室が三間、小さな台所、台所の奥に多分お風呂。それでおしまい。一家族ジャストサイズ。

前もここで一緒に泊まったのかな、とちらりと思った。父が初めて沖縄の撮影旅行に来たのは、母が亡くなって半年くらいのことだったはずだ。

と、晴子さんがにこっと笑ってぼくの耳元に囁いた。

「わたしは別の知り合いの家に泊めてもらうことになってたの」

ふうん、とぼくは相槌を打ち、玄関先に荷物を上げている父を手伝いに行った。送迎車はもう帰っていた。

「前に来たときは、猫は上手く撮れたの？」

「猫がメインじゃなかったからな」

どうやらガイドブック用に景色を撮る仕事だったらしく、猫は添え物でよかったらしい。

布団は三組用意してあった。乾燥機をかけてふかふかだ。

「おっ、初めて家族三人川の字だな」

わざわざこういうことを言うから父は困る。亡くなった母に義理立てしてして、川の字なんかイヤだと駄々を捏ねるべきか、なんて迷いが生まれてしまう。さらりと流してくれたらいいのに。

「こっちのお部屋、東向きで朝日が気持ちいいのよ。起きるのが楽しみね」

晴子さんがそう言ってくれて、朝の目覚めをふいにしてまで我を通すこともないという言い訳が立った。

「材料あるから、お昼さっと作っちゃうわね」

冷蔵庫や戸棚には食料が満載だった。宿の主人が適当に見繕っているらしく、あるものは勝手に使っていいシステムだ。お風呂のタオルや洗面道具、洗濯や掃除の道具も同じく。生活必需品がとても生活感あふれた感じで揃っているので、親戚の家に居抜きで泊まりにきたような不思議な居心地だ。

「じゃあ、その間にレンタサイクル頼んでくるよ」

観光客の島内の移動手段は徒歩かレンタサイクルが主だという。レンタサイクルは電話一本で頼んだ台数を持ってきてくれるが、店がこの近所なので散歩がてらということらしい。

「カメラは置いていかない？」

晴子さんが父を見送りながら渋い顔をした。

「そうめんチャンプルーだからすぐ出来ちゃうわよ」

「まあまあ、すぐに帰ってくるよ」

言いつつ父は、カメラを肩にかけたまま出かけた。

「三十分は見といたほうがいいわね」

晴子さんの読みはいい線を行っている。三十分で帰ってきたら早いほうだ。

「リョウちゃんもその辺見てきていいわよ」

「ちょっと寝ようかな」

早起きだったので、少し眠気がしてきた。それに、庭に出してあった日光浴用のビーチチェアがちょっと魅力的だったのだ。

「庭のやつ、使っていい？」

「いいわよ」

庭に出てビーチチェアに寝そべり、あわてて飛び起きる。高い日差しがちょうど目を刺す位置だったのだ。椅子を置く場所や背もたれの角度をいろいろ工夫して、寝心地のいいポジションを探す。

やっとポジションを決めると、門のところから誰かがこちらを覗き込んでいた。腰の曲がったおばあさんだ。

近所の人かな、と思ったが、あまりにもしげしげこちらを覗いているので、ちょっと居心地が悪くなってきた。

「あのぅ、何か用ですか」

起き上がっておばあさんのほうへ近づき、どきっとした。――右目が白く濁っていたのだ。

押し隠そうとした動揺におばあさんは気づいたらしい。右目を押さえて「気持ち悪かったかい、ごめんよ」と言った。

「いいえ、大丈夫です」

そうは答えたものの、とっさにぎょっとしてしまったことは事実だ。白内障とかそういうやつだろうか。

「子供の頃にちょっと病気をしてね」

年のせいというわけでもないらしい。右目はもう全く見えていないようで、子供の頃からだとしたら不自由だっただろうなと思った。

「あんた、あの人たちの子供かい」

あの人たち、というのは父と晴子さんのことだろうか。

そうです、と答えるほうが手っ取り早いような気もしたが、

「ちょっと年が合わないようだけど」

そう重ねられて、詳しく話すことにした。二人のことを知っているのかもしれない。

「ぼくはお父さんのほうの連れ子です」

「ああ、そうかい。道理で。あれから子供ができたにしちゃあ、ちょっと大きいものね」

やっぱり二人の知り合いらしい。

「お父さんたちの知り合いですか？」

ぼくが訊くと、おばあさんは「知らなくもない」と曖昧に答えた。

「幸せかい？」

唐突な問いに戸惑って、ぼくは口ごもった。ぼくか、父か、晴子さんか、誰について訊かれたのか、とっさに分からなかったのだ。

「晴子さんは、今ごはんを作ってます。お父さんはレンタサイクルに……」

おじいさんは山へ柴刈りに、おばあさんは川へ洗濯に、みたいなおかしな答えをしてしまった。

晴子さんのことが先に出たのは、家にいるからだ。どちらか呼んできてほしいのかと思ったのだ。

と、おばあさんは目を細めた。笑みはしわ深い顔に埋もれて、笑ったと気づくのは少し遅れた。

「幸せなら、よかったよ」

ぼくは幸せとは答えていないのに、おばあさんはそう言った。

「あの二人のことは、ちょっと気になってたからね」

「晴子さんならいますけど、呼びますか」

いい、いい、と手を振って、おばあさんはふっと歩き出した。無理に引き止めるのもおかしいので、ぼくは何となく見送った。

せっかくポジションを整えたビーチチェアに戻って寝っ転がる。

と、程なく父が戻ってきた。

「お、リョウ。くつろいでるな」

「お父さん」

タイミングが悪い。

「もうちょっと早く帰ってきたら、知り合いの人が来てたのに」

「知り合い？」

「おばあさんだったよ」

右目が濁っていたことは口にするのが憚られて「ちょっと目が悪いみたいだった」と言った。

だが、父には心当たりがなかったようだ。

「晴子さんの知り合いかな」

父は首を傾げながら家に上がっていった。ぼくも一緒に上がる。

「あら、ちょうどよかった」

晴子さんの声が台所から迎えた。

「もうすぐ出来るところよ」

そうめんチャンプルーを炒めるゴマ油のいいにおいがしてくる。

「何か、知り合いが来てたみたいだよ。おばあちゃんだって」

「あら、誰かしら。おばあちゃんだけじゃちょっと……」

「目が悪いみたいだよ」

ぼくはそう言い添えたが、それも心当たりを絞る役には立たなかったらしい。

「何人かいるわねぇ」

「ま、気が向けばまた来るんじゃないか。近所だろうし」

そうね、と晴子さんがそうめんチャンプルーをまずは二皿持ってきた。晴子さんはぼくと父の前に置いたので、ぼくが取りに行った残り一皿は晴子さんの前に置く。

「片手空いてるんだから、箸も持ってこい、箸も」

言いつつ父が腰を上げる。台所から割り箸を三本摑んで戻ってきた父に、晴子さんが「片手が空いてるんだから、お茶も持ってきてくれたらいいのに」と笑いながらまた台所へ。

空いた片手には器用にコップを二つ挟んでいたので、コップの残り一つはぼくが取って戻った。

「台所、お盆はないのか」

割り箸三本しか運ばなかった父は、決まりが悪くなったのかそんなことを言った。

「それがないのよ、けっこう色々そろってるのに。宿のご主人に言っておくわね、他のお客さんも便利だろうし」

ツナ缶とタマネギとニンジンが入ったそうめんチャンプルーは、よその台所で作っても安定の晴子さん味だった。

充分おいしかったが、父が食べながらこんなことを言った。

「そうめんチャンプルーならアレが食べたかったな、島らっきょうのやつ」

その頃、晴子さんは、島らっきょうとベーコンを炒めて麵に合わせるという必殺技を開発したところだったのだ。そうめんチャンプルーやスパゲッティ、焼きそば、何でもおいしかった。

「島らっきょう、石垣島まで買いに行ってくれるなら作るわよ」

晴子さんはいたずらっぽく受け流した。竹富島にはスーパーがなく、島の人は石垣島まで船で買い物に行くという。

「ツナのもおいしいじゃないか、黙って食べなよ」

ぼくの台詞と父の台詞は、大人と子供があべこべだ。こういう逆転現象は、ぼくと父にはよくあることで、亡くなった母も「少しはリョウくんを見習ってちょうだい」とよく笑っていた。

子供な父を受け止める度量は、晴子さんと母の共通点だった。つまりそれは、度量がないと父の奥さんはやってられないということなのだろうけど。

晴子さんは冗談で受け流したが、学校の先生だった母なら笑いながら「わがまま言わないの」とお説教だっただろうな、なんて考えて——ぼくは晴子さんをなかなかお母さんと呼べない理由が分かったような気がした。

母と晴子さんは似ているのだ。出てくる言葉は違うけど、言葉の根っこはよく似ている。

あったかさとか、優しさとか、度量とか、度量とか、度量とか……度量が半分以上かな。

これがまったく違うタイプなら、ぼくが心を開けるかどうかはさておき、割り切りは早かったかもしれない。だが、なまじ似ているので、晴子さんは在りし日の母に重なるのだ。ある意味、父の好みのタイプはぶれない。

そして、似ているからこそ、晴子さんを「お母さん」と呼ぼうとする度に、戸惑いやためらいが押し寄せるのだ。

ごはんを食べている途中で、軽トラがレンタサイクルを運んできた。赤いママチャリが三台。係の人は晴子さんの顔見知りらしく、晴子さんが出て行って伝票にサインをした。


ごはんを食べ終えて、さっそく猫を探しに出かけることになった。

「餌とか持っていったほうがいいんじゃない？」

出がけにぼくが思いつきでそう言うと、父も「いい考えだな！」と乗ってきた。きっと、猫に好かれる自信がなかったのだと思う。

宿が用意してくれていた日用品には、当然のことながらキャットフードなどなかったので、猫が喜びそうなものを食料の中から探す。

ちくわとプロセスチーズがあったので、晴子さんが細かく切って、ビニール袋に入れた。

そして、レンタサイクルで出発だ。

「タイヤが砂に取られるからな。転ぶなよ」

父はえらそうにぼくにそう教授したが、カメラバッグを肩にかけ、首からは一眼レフを下げている父のほうが、よっぽどバランスが悪くて危ない。

路地に敷き詰めてある砂はかなり厚く、アスファルトの道をすいすいという感じにはいかない。右に左にタイヤを取られ、ずもも、ずもももと轍《わだち》を作りながら、ゆっくり進む。

目指すのは、猫がたくさんいるという浜だ。宿から自転車で五分ほど。

集落を抜けると白砂の路地が終わり、島を一周する舗装道路に出た。そのアスファルトも年季が入ってガタガタで、あちこち雑草が突き破っている。

その舗装道路を渡ったところが目指す浜だ。踏み固められた路地を下っていくと、奥に青い水がちらちらしている。

路地の突き当たりに繋がっている広場の入り口に、ぼくたちは自転車を停めた。青い波打ち際を右手に構えて大きな東屋が建っており、その東屋を中心に――無造作に、たくさん、しなやかな小動物の影。二十四ではきかない。大猫から子猫まで、三十四はいるだろうか。

「いるいる！」

父がはしゃいで東屋へ突進した。東屋で涼んでいた猫たちが、乱入してきたテンションの高いおっさんから飛びすさる。父を中心に発生する猫の真空地帯。父が一歩踏み出すごとに真空地帯も移動する。

「あーあ、嫌われた」

後からのんびり歩いていったぼくと晴子さんには、猫は微動だにしなかった。

ベンチで箱座りしていた白黒ぶちのハチワレを、晴子さんが通りすぎながらさらっとなでる。猫はなでられながら、しっぽを一回ぱたりと振った。

「あー、そういうのがやりたいんだよな。何気なくさらっとさ」

口を尖らせる父に、晴子さんが「やればいいじゃないの」とけらけら笑う。

父が同じ猫をなでようと手を伸ばすと、ハチワレが顔をしかめて頭をよけ、それからベンチをぽんと飛び降りてしまった。

「ほらぁ。何でかこうなるんだよな」

何でか、というより、触らせろという圧が強すぎるんだと思う。

「でも、今日は秘密兵器があるからな」

父がカメラバッグの中から、餌の入ったビニール袋を取り出した。

発案したのはぼくで、用意したのは晴子さんなのに、使うのは父だ。そして、ぼくたちの上前をはねることにまったく悪びれない――というより、上前をはねている自覚がない。

まあ、子供というのは、そういうものだ。

「え、ここで餌あげるの？」

目をぱちくりさせた晴子さんに、父は「ここでやらなくてどうするんだよ」と笑った。

「ほーら、ごはんだぞ、おいしいぞー」

父がビニール袋をガサガサ開けると、その場にいた猫たちがピクッと耳を動かした。四方八方から、父の手元に視線が集まる。

離れたところにいた猫たちが、タタッと数歩距離を詰める。遠く近く、父を取り囲む包囲網が静かに、素早く完成した。

ぼくは思わず後じさって、晴子さんのそばに寄った。張り詰めた緊張感に慄いたのだ。猫たち

郵便はがき

料金受取人払郵便

小石川局承認

1025

差出有効期間
2021年12月
31日まで

112-8731

〈受取人〉
東京都文京区
音羽二―一二―二一

講談社
文芸第二出版部 行

書名をお書きください。［　　　　］

この本の感想、著者へのメッセージをご自由にご記入ください。

［　　　　］

おすまいの都道府県 ……………… 性別 男 女

年齢 10代 20代 30代 40代 50代 60代 70代 80代～

頂戴したご意見・ご感想を、小社ホームページ・新聞宣伝・書籍帯・販促物などに使用させていただいてもよろしいでしょうか。 はい (承諾します) いいえ (承諾しません)

TY 000044-1910

ご購読ありがとうございます。
今後の出版企画の参考にさせていただくため、
アンケートへのご協力のほど、よろしくお願いいたします。

■ Q1 この本をどこでお知りになりましたか。

1 書店で本をみて
2 新聞、雑誌、フリーペーパー 〔誌名・紙名　　〕
3 テレビ、ラジオ 〔番組名　　〕
4 ネット書店 〔書店名　　〕
5 Webサイト 〔サイト名　　〕
6 携帯サイト 〔サイト名　　〕
7 メールマガジン　8 人にすすめられて　9 講談社のサイト
10 その他 〔　　〕

■ Q2 購入された動機を教えてください。〔複数可〕

1 著者が好き　2 気になるタイトル　3 装丁が好き
4 気になるテーマ　5 読んで面白そうだった　6 話題になっていた
7 好きなジャンルだから
8 その他 〔　　〕

■ Q3 好きな作家を教えてください。〔複数可〕

〔　　〕

■ Q4 今後どんなテーマの小説を読んでみたいですか。

〔　　〕

住所

氏名　　電話番号

ご記入いただいた個人情報は、この企画の目的以外には使用いたしません。

の包囲網は、かわいく餌をねだりにいく気配は微塵もなかった。

こういう光景、見たことあるぞ。野生動物のドキュメンタリーとかで。――群れで狩りをする動物って、確かこんなふうに――

「はっはっは、所詮は猫だな！　餌に釣られてかわいいもんだ！」

無邪気に勝ち誇った父が、ビニール袋から餌を取り出した瞬間――ザァッと群れが動いた。

四方八方から父に群がる。

かわいくねだる鳴き声など一声も上がらず、それを寄越せという凄まじい圧が父に集中する。

「おおっ!?」

父が慄いてちくわを取り落とした。ころんと東屋の床に転がった――かと思うや、周りの数匹がちくわのかけらに襲いかかる。ダッシュが一番素早かったやつの口の中に消える。

猫の真空地帯とは真逆の光景が発生した。猫の包囲網が父を取り囲み、父が一歩踏み出すごとにザァッ、ザァッと行く手を塞ぐ。

慄いてなかなか次の餌をやらない父に焦れ、勇気のある一匹が伸び上がって父の手元を叩いた。父の提げたビニール袋にアタックをかけるやつも。なかなかかしこい。――ちょっと悪魔的に。

「晴子さん！　こいつら、叩くよ！」

「野生だもの」

「あっち行け！」

父が餌をいくつか遠くへ投げた。投げた方向へ包囲が崩れる。餌を追った猫たちが極小の時間で牽制を交わし、奪い合う。

だが、投げた餌を追ったやつらは長期的な視点が足りない。父が手元にまだ持っていることを見越したやつらは、ますます包囲の輪を狭めた。

完全に狩られる態勢だ。

「ああっ！」

完全に父を舐めた一匹が、バシッとビニール袋を父から引ったくった。

餌が散らばり、猫たちが一気に狂奔した。

ギャオゥ、と肉食の獣の声が絡み合う。餌を取り合いながら仲間同士の牽制だ。軽く取っ組み合うやつらも。

どうやらボス級らしいでっかい茶トラが、周りを威嚇しながら一匹でいくつも餌を飲み込む。

「こら、お前はいくつも食べただろ！　そっちの子猫にやれよ！」

父がボストラを追い払おうとすると、ボストラが前足一閃。振っていた父の右手にヒットして、見事な爪痕を刻んだ。

猫たちの狂奔は瞬く間に餌を食べ尽くして終結した。またそれぞれに気に入った場所へ散り、のんびりとくつろぎはじめる。

餌をタダ取りされて、カメラを構えることすらできなかった父は、「猫め！」と遠くから猫の群れを罵っていた。

「かわいいもんだって言ってたじゃない」

晴子さんにからかわれて、父の口元がむくれた。

「あんなの、猛獣だ」

「生きるのに必死なのよ。島の人が餌をやってるけど、充分ってわけじゃないし、やっぱり強い猫がたくさん食べるだろうしね」

「じゃあ、あのボス猫はいつも食べてるだろ。子猫に分けてやってもいいじゃないか」

「そんな理屈、野生に通用しないだろ」

子供のぼくにも分かる理屈だったので、つい突っ込んでしまった。

「ていうか、あんなに獰猛なら、先に教えてくれたらいいだろ」

父の矛先は晴子さんに向かった。

「だって、ここであげるなんて思わなかったんだもの。もっと小さい群れや一匹の子を見かけたときに使うんだと思ってたわ」

確かに、晴子さんは「ここであげるの？」と言っていた。この惨状が読めていたのだろう。

「聞かずにさっさと出しちゃうんだもの」

「いいよ、もう」

あ、拗ねた。

「餌なんかで釣らなくったって撮れるさ。プロだし。望遠だって持ってきてるし」

言いつつ父はカメラのレンズを付け替えはじめたが、猫の根城になっている東屋ではなく外のベンチでその作業をしていたのは、狩られかけた恐怖が残っていたのかもしれない。

写真を撮り始めると、父も猫もプロだった。何のプロかといえば、父は写真のプロで猫は自由のプロ。

父が触りたい圧を封じて写真に集中しはじめると、猫は父を気にかけることなく自由気ままに振る舞いはじめた。

今ならデジカメなのでいくらでも連写して後から選《よ》ればいいが、当時はアナログが主流だったので、撮った写真は焼くまで出来が分からなかった。現像に一枚一枚お金がかかるので「押さえで」シャッターを切るなんてそうそうできず、ここぞの瞬間を逃がさず捉えるのがカメラマンの腕だった。

のんびりしている猫たちに、時折シャッター音が響く。父なりのここぞの瞬間を見つけたときだが、

「もっと動きがほしいなぁ」

しばらくして父がそうぼやいた。猫たちは、放っておくと延々ゆったり寝そべっているので、なかなか面白い動きが生まれない。

子猫が数匹じゃれあいながら浜辺のほうへ向かったのを望遠で追ったきり、東屋にはひたすらまったりとした空気が流れている。

「リョウ、お前、ちょっとかまってみないか。猫と戯れる島民の子供って感じで」

「やだよ！　雑誌に載るんだろ」

目立ちたがりの子供なら大喜びのシチュエーションだが、ぼくはそうではなかったので雑誌に載るなんてノーサンキューだ。

「写真を選ぶのは編集さんだから、載るとは限らないって」

「載るかもしれないんだろ、だったら嫌だ。大体、捏造じゃないか。島民じゃないんだし」

「じゃあ、旅行客の子供ってことでどうだ」

「い・や・だ！」

ぼくと父が攻防を繰り広げていると、浜辺のほうでバサバサッと羽音が響いた。

ぼくたちが振り向くと、

「――たいへん！」

晴子さんが悲鳴を上げた。

さっき、浜辺へ向かった子猫たちだ。カラスが数羽たかっている。

逃げ遅れた一匹をつつき回し、明らかに狩ろうとしていた。

「こらー！」

父がカメラを素早くその場に置いて、浜辺に向かって駆け出した。こういうときの瞬発力は、ずば抜けている。

出遅れたが、晴子さんも追った。

大人二人が高価なカメラや機材を置きっぱなしで行ってしまったので、ぼくは成り行きでその場に残った。父のカメラは一財産だ、いくらのどかな島でも誰も見ていないのはまずい。

「ぎゃー！」

というのは、父がカラスに襲われた悲鳴だ。

「カツさん、しっかり！」

晴子さんが両手を振り回しながら加勢する。カラスは狩りを邪魔された怒りからか、それとも邪魔を排除して狩りを続行するためか、大胆に人間二人に襲いかかっている。

「相変わらずだねえ、あの二人は」

背中からかかった声に振り向くと、――あのおばあさんだった。明るい砂浜だと、白く濁った右目がますます目立っている。

「相変わらずって？」

「前に来たときも、助けなくていいものを助けようと躍起になってたよ」

「助けなくてもいいって……」

いたいけな子猫がカラスにつつき回されていたら、助けたくなるのが人情というものじゃないだろうか。

「弱いものから狩られる。そういうもんだよ」

おばあさんの言葉は非情だが、なぜか残酷には聞こえなかった。

「弱いものが死なないと、行き詰まるからね」

何が行き詰まるのかは、訊けなかった。何だか、途方もなく救いのない言葉が返ってきそうで。

「前に来たときも、子猫を助けてたんですか」

「大猫さ。もう充分生きたから、死んでもよかった」

くそー！　と浜辺から父の怒号が聞こえた。見ると、たかるカラスに向かって砂を投げている。

「リョウ、石！　石持ってこい！」

「ええ⁉」

ぼくはとっさに辺りを見回した。東屋の周りは砂地で、投げるのに手頃な石はあまりない。

「あっちならあると思うよ」

おばあさんが指差したのは、自然の低木がずっと連なる繁みのほうだ。

ぼくはその場を離れるのを躊躇した。

もう少し、おばあさんの話を聞きたかった。非情な言葉を話すおばあさんが、父と晴子さんのことをどんなふうに話すのか。

ぼくの知らない、初めて出会った頃のお父さんと晴子さん。

充分生きて、もう死んでもよかった大猫を助けた、お父さんと晴子さん。

「行っといで」

おばあさんがそう促した。

「続きを聞きたかったら、今晩、庭で星でも見るといい。あたしは夜もあの辺を歩いてるから」

結局、ぼくが石を拾って持っていく前に、カラスたちはしつこい邪魔で子猫を諦めたらしい。

「助けてやっても、お礼ひとつ言わないんだからなぁ」

子猫はカラスが飛び去るや、転がるように東屋へ逃げ戻ったという。

「無理もないわよ、自然の猫だもの」

笑いながらそう言った晴子さんに、ぼくは思わず問いかけていた。

「自然だったら、助けないほうがいいんじゃないの」

おばあさんの言葉が耳に残っていたせいだ。

弱いものから狩られる。そういうもんだ。——弱いものが死なないと、行き詰まる。

「そうね」

晴子さんは微笑んだ。

「でも、わたしたちがここに居合わせたのも、自然の成り行きだから」

「そうだ！」

父が突然割り込んできた。

「あの子猫は運が良かった。運が良きゃ助かる、悪きゃ死ぬ。それでいいだろ。大体、カラスが子猫をつつき殺すのを黙って見てるなんて、寝覚め悪いじゃないか。せっかくの家族旅行でさ」

「仕事の撮影旅行だろ」

「自費で家族旅行を乗っけるのは、自由裁量の範囲内だ！」

運が良かった子猫は、もう群れに交じって見分けがつかない。

カラスの運が良くて、子猫の運が悪い日も、あるかもしれない。だけど、今日のところは運が良かった——その理屈は、シンプルで腑に落ちた。

お父さんと晴子さんは、同じ理屈で生きてるんだな。

そんなことも思った。


父は夕方まで浜辺でだらだらと粘っていた。

観光客がたまにやって来て、父と同じように餌食になったり。何のきっかけか猫同士ケンカが始まったり。

そんなところをパシャパシャ押さえる。

「あいつさぁ、要領が悪いんだよな」

父が指差したのは、くっきりアイラインが入った美形のキジトラだ。子猫ほど小さくないが、大猫ほど大きくもない。生後半年くらいかしらね、と晴子さんが見当をつけた。

そのキジトラには、ぼくも晴子さんも気づいていた。

群れの中であまり立場が強くないのか、観光客が餌をくれても、争奪戦に参戦する前に威嚇で弾き出されてしまう。

たまに餌が自分の近くに転がってきても、もたもたしているうちに取られてしまう。

「餌、残ってたらよかったんだけどなぁ」

上手に気に入った猫に餌をやっている観光客がいて、父も見ていた。ある程度の餌を撒いて、猫が狂奔している間に、気に入った猫にすっと近づく。手の中に隠しておいた餌を、狙った猫の鼻先にさり気なく腰を屈めながら落としてやる。

その方法なら、要領の悪いキジトラにピンポイントで餌をやれそうだ。

日がオレンジ色になってきた。父が露光を変えて、夕景の海と猫を狙う。

と、ぼくはすごいものを見つけた。

「お父さん」

そっと呼ぶ。父も気づいた。

低木の繁みの中に、後ずさりで入っていく猫がいた。口にくわえているのは、浜千鳥だ。首がだらりと折れている。

仲間に見つかって取られないように、急いで繁みの中に引っ込んでいったその猫は——要領が悪いあのキジトラだった。

父が夢中でシャッターを切った。

キジトラは、自分の獲物を無事に繁みの中に持ち込んだ。

運の悪い浜千鳥。キジトラのほうは、――運ではなくて、実力だ。ハンターに目をつけられたことが、浜千鳥の運のなさだ。

野生だな、と父が呟いた。

運の良さ。運の悪さ。実力。入り混じって、生き残るものが決まる。人里近くの、小さな野生の王国だ。

「帰ろうか」

父がカメラを下ろした。

これ以上は粘っても意味がない。――この日一番の写真はもう撮れた。

帰り道にも猫をちらほら見かけたが、父はもうカメラを出さなかった。

晩ごはんは、晴子さんが冷蔵庫の中のものを使って、豆腐チャンプルーとパパイヤイリチーを作った。


「リョウちゃん、お風呂、先に入る?」

お膳を片づけながら、晴子さんがそう訊いた。

「後でいい。庭でちょっと休んでいい?」

「夜は少し冷えるわよ」

「ビーチチェアで寝たら、星がきれいかなと思って」

それはいいわね、と、晴子さんはタオルケットを着ることで夕涼みを許してくれた。

「いいな、お父さんも見ようかな」

ビーチチェアは庭に二つ並んでいたが、ぼくは「お父さんは先にお風呂に入りなよ」と促した。

「二人とも後回しにしたら、晴子さんが入るの遅くなっちゃうじゃないか」

晴子さんはいつも最後にお風呂に入る。お湯を落として、ざっと掃除をするためだ。

「えー、でも、風呂上がりだと湯冷めしそうだしさ。お父さんだって、星見たい」

子供め。

「ちゃんと髪を乾かして、タオルケット着たら大丈夫だよ」

「お風呂上がりにビールもう一本つけてあげるから」

晴子さんも加勢してくれて、どうにか父を家の中に押し返すことに成功した。

父が一緒だったら、おばあさんが来たときに、父と晴子さんの話を訊きづらくなってしまう。

おばあさんがいつ散歩で通りかかるかは分からないが、お年寄りは寝るのが早いので、そんなに夜中じゃないだろう。晩ごはんを食べ終えて、一息ついて、時間は八時少し前。おばあさんが散歩をするなら、これくらいの時間が頃合いじゃないかなと思った。

会えなかったら、ぼくは運がなかったということだ。

ビーチチェアに寝っ転がると、星は驚くほど近くに見えた。今にもその辺に降ってきそうだ。

玄関の明かりを消したらもっとよく見えるんじゃないかと気がついて、一度家に入って電気のスイッチを切った。――果たしてビンゴ。

星は、手を伸ばせば摑めそうなほどだった。ビーチチェアに横になると、まるで王様になったみたい。

七夕の歌をふと思い出した。金銀砂子。正に金と銀の砂を撒いたような。

「おや、いたね」

門のところから、おばあさんがひょいと顔を出した。

「夜に散歩するって言ってたから。これくらいの時間じゃないかと思ったんだ」

いい読みだ、とおばあさんは誉めてくれた。

「ここ、どうぞ」

空いていたビーチチェアを勧めると、おばあさんは入ってきて、ビーチチェアに腰を下ろした。

「あの人たちの話だったね」

そして、おばあさんは、父と晴子さんが初めてこの島へ来たときの話をしはじめた。

＊

父は、まるで魂が抜けたような顔をしてこの島にやってきたという。

晴子さんは、初対面のときから、そんな父の様子を心配していた。

初の沖縄上陸、滑り出しの天候は生憎《あいにく》の雨。それも、かなり時化ており、晴子さんは逆に嵐の沖縄を撮るのはどうかと提案して、波の名所を案内していた——というのは、ぼくも知っている話だ。

嵐の沖縄を楽しんでくれた父に晴子さんが好印象を持った、と聞いていたので、きっと楽しい撮影旅行だったのだろうと思っていたが、「いやいや」とおばあさんは首を振った。

「あんたのお父さんは、だいぶ心配な感じだったよ。魂《マブイ》が落ちたみたいだった」

魂が落ちる、というのは沖縄独特の感覚だ。沖縄では、びっくりしたりストレスを受けるようなことがあると、その衝撃で魂が体から落っこちてしまうと信じられている。

落ちた魂は、拾って体に戻さなくてはならない。魂が落ちたまま放っておくと、気が塞いだり、体調が悪くなったり、酷いときは病気になったりするという。

その頃、父の魂が落ちていた理由は分かる。――母が亡くなって、父は途方に暮れていた。母が亡くなった事実から逃げるように、日本中を行脚のように撮影して回っていた。

晴子さんと初めて会った頃も、まだ魂は体に戻っていなかったのだろう。

「あんたのお母さんは、かいがいしく世話を焼いてたよ」

晴子さんをお母さんと呼ばれることにはまだ違和感があったが、ぼくはおばあさんにはそれを言わなかった。法律的には晴子さんはもうぼくのお母さんなのだし、再婚まもない子供の複雑な心境を第三者に訴えるのは、それこそ子供っぽい振る舞いだと思われた。

父を子供だと笑えなくなってしまう。

天気は一度からりと晴れていたが、また次の嵐が来るのか、島の海は時化がぶり返していた。

父は、嵐で濁った海は諦めて、主に赤瓦の家並みを撮っていたらしい。

その日、父が泊まったのも、この家だった。晴子さんは、普通に食事のついた宿にしなかったことを、少し後悔していたらしい。

「また夜の島巡りのお迎えに来ますから、それまでに晩ごはんを食べておいてくださいね。食料は何でも使っていいですから。作るのが面倒だったら、カップラーメンもありますし」

何度も念を押しながら引き揚げたが、それでも心配だったらしい。「あたしにも、お父さんをよろしく頼むって言い残して帰っていったよ」と、おばあさんは笑った。近所の人にまで頼んで帰るなんて、よっぽど心配だったのだろう。

結局、晴子さんはお迎えの時間より早く来た。タッパーにさっと食べられるおかずを詰めて。

「坂本《さかもと》さん」

玄関は開いていたが、父はいなかった。電気も点きっぱなし。

晴子さんが声をかけながら部屋に上がると、居間の座卓にメモが一枚置いてあった。

海を見てきます。

島のガイドブックが開きっぱなしになっていた。西の桟橋のページだった。

晴子さんは、おかずを冷蔵庫に入れて待ったが、父はなかなか帰ってこなかった。晴子さんが迎えに来ると言った時間になっても。

晴子さんは、西の桟橋にお迎えに行くことにした。「行きがかり上、あたしも付き合ってね」おばあさん、意外と面倒見がいい。

街灯がない西の桟橋は、真っ暗だった。海を見てきますも何もない。海はひたすら真っ黒で、沖には何も見えやしない。時化て荒れた波が桟橋に砕けて、そのしぶきが月の明かりでわずかに白く光るだけだ。

父は、桟橋のたもとに腰を下ろして、ぼんやりしていた。

晴子さんは、ほっとしながら父に歩み寄った。

「坂本さん」

声をかけると、父が顔を上げた。晴子さんは、立ちすくんだ。

父の顔は、涙でぐしゃぐしゃになっていた。

「いや、あの」

父は慌てて顔をぬぐった。

「亡くなった妻のことを思い出してしまって」

みっともないな、と洟をすする。

「もういいかげん立ち直らなきゃいけないのに」

晴子さんは、黙って父のそばに立っているしかできなかった。

「息子のほうがずっとしっかりしてる。俺ってやつはほんとに……」

「お辛かったですね」

こぼれるように、晴子さんはそう呟いた。

すると、――まるで咆哮のように、
父が号泣した。

晴子さんは、父のそばに膝を突いて、いたわるように背中をさすった。まるで怪我人を手当てするような、自然な仕草だった。

目の前に怪我人がいたら、何はともあれ介抱するのが人情というものだ。

咆哮のような父の号泣は、止まらなかった。

その声が少し収まるまで、晴子さんは寄り添っていた。

やがて、

「一度、宿に帰ってますね。ゆっくりなさってください」

そう言い残して、晴子さんは帰った。

父は顔を上げず、返事もしなかった。押し寄せる嗚咽に思うさま身を任せていた。


父はなかなか帰ってこなかった。

小一時間ほど待って、晴子さんはまた桟橋へお迎えに行った。

身も世もなく泣きじゃくっていた父のことが心配になったのだ。

着くと、父が浜辺に立ち尽くしていた。

背中がしばらく逡巡して、やがて——波打ち際から沖へ駆け込む。

悲鳴は、声にならなかった。晴子さんは、父の背中を追って走った。

父は、まっしぐらに海の中を突き進む。

「坂本さん！」

父は、振り返りもしない。

晴子さんは無我夢中で海の中を駆け、ようやく父に追い着いた。遠浅の海は、まだ胸くらいの水深だった。

「戻ってください！　駄目です！」

荒れた波に揉まれながら、晴子さんは父の胸倉を摑んだ。風が晴子さんの叫び声を吹きちぎる。

「あなたが後を追ったら、息子さんはどうなるの！」

「いや、ちょっと離して……」

「離しません！」

「猫！」

父に叫び返されて、晴子さんは声を呑んだ。

「猫！　死ぬ！」

父が指差したほうを見ると、桟橋に砕ける波の中に、不規則に暴れるしぶき。

猫が、溺れていた。

――父と晴子さんは、力を合わせて溺れる猫を掬い上げた。

波に揉まれながら、浜辺に戻る。

「まずいぞ」

父が抱きかかえた腕の中で、猫なのに濡れ鼠の猫は、ぐったりしていた。

「水を飲んだんじゃないかな」

「猫の人工呼吸ってどうすればいいのかしら」

と、父が猫の後ろ足を持って、上下に揺すぶった。

「そんな乱暴な」

「子供が飴玉とか飲んだら、逆さにして振るんですよ。上手く行けば吐き出す」

結果的に、父の応急処置は正しかった。猫はけぷっと水を吐き、後は自分でげえげえ吐いた。

吐ききって、地面に力なくへたばってしまう。

「取り敢えず、宿に連れて帰りましょうか」

「そうですね、寒いし」

父と晴子さんも濡れ鼠だった。

宿に戻って温水のシャワーで猫を洗ってやり、タオルとドライヤーで二人がかりで乾かす。猫はそのまま段ボールに寝床を作って寝かせてやり、二人は交替でシャワーを使った。探すと押し入れに寝間着があったので、晴子さんは取り敢えずそれを着た。

二人が落ち着いた頃には、猫の様子もすっかり落ち着いて、溺れた猫ではなくただの眠る猫になっていた。

「あの」

晴子さんが気まずそうに切り出した。

「すみません。わたし、おかしな誤解を」

「いえ、そんな」

父のほうも恐縮した。

「当たり前ですよ。大の男が号泣して、その後、海に入って行ったんだから」

父が、眠る猫を眺めた。

「何かね、あの猫、目が悪いみたいで」

「そうみたいですね。この近くにねぐらがあるみたいなんですけど」

「晴子さんと一緒に来てね、こいつ、残ったじゃないですか。しばらく僕のそばをうろうろしてたんですけど、僕が泣きやんでからあちこち散歩しはじめて。桟橋を歩いてて、足を踏み外して落ちたんです」

「わたしについてきちゃったせいだわ、悪いことした」

「いや、僕のせいですよ。何か、僕に付き添ってくれてたような気がするんです」

いえいえ、わたしが。いえいえ、僕が。

眠る猫を巡って、二人は、顔を見合わせて笑った。

やがて、二人は、どうします？」

「夜の島巡りは、どうします？」

父は、「次の機会にします」と言った。

「また、案内してください。いつか、息子と一緒に」

「ぜひ。お待ちしてます」

そして、晴子さんは帰っていった。「冷蔵庫におかずを入れてありますから」と父の晩ごはんを心配しながら。

*

「まったくドジな猫だよ。足を踏み外して海に落ちる猫なんか、あのときが死に時だったんだ」

おばあさんは、猫に厳しい。

「運が良かったんだよ」

ぼくは、父と晴子さんの理屈を引いた。

「お父さんと晴子さんが居合わせたのも、自然なんだから」

人里近くの野生の王国。少しくらい、人間の関わるイレギュラーがあってもいい。

「運、ねえ」

まあ、そういうことにしておいてやってもいいか。

おばあさんはそう呟いて、ふぇっふぇと笑った。

「あんたのお父さんも、あの騒ぎで魂《マブイ》が戻ったみたいだしね」

「そうそう。情けは人のためならずだよ」

人じゃなくて、猫だけど。

おばあさんが、よっこらしょと腰を上げた。

「お父さんと晴子さん、呼ぼうか」

「いいよ、いいよ。そろそろ戻らないと、家の者が心配するからね」

おばあさんはのんびりとした足取りで、門に向かった。

門のところで、一度ぼくを振り返る。

「あんた、そのうちお母さんって呼ぶのかい」

「えっ」

「多分、待ってるよ」

それは、分かってる。——父が、晴子さんをお母さんと呼んでほしがっていることは。

「あの人は辛抱強いから、あんたにせっつきはしないだろうけどね」

えっ、ともう一度声が出た。

辛抱強い。——父に対する表現ではあり得ない。

「待ってるって、晴子さんが？」

問いかけには答えず、おばあさんはすたすた出て行ってしまった。

ぼくが立ち尽くしていると、玄関から晴子さんが出て来た。

「リョウちゃん、お風呂」

次いで、父が「代われ代われ」と出てくる。髪は乾かして、ビールを一缶。

「おお、こりゃ、王様のベッドだな」

父は、ぼくと同じ感想を上機嫌で呟いた。

翌日も、ぼくたちは猫を探して島を一巡りした。

星の砂が拾えるという浜にも、そこらをねぐらにしている猫がいて、父は色んなアングルから写真を撮った。

誰が一番たくさん星の砂を拾えるか、という競争で、父が一番むきになったのはいつもどおりのお約束だ。

その晩は、夜の島巡りへ。

東屋の浜に行くと、月に白く照らされたビーチに、猫が思い思いにくつろいでいた。

「これはなかなか珍しい画だな」

父はいそいそと三脚を取り出してカメラを据え、シャッタースピードを遅くしてシャッターを切った。

シャッタースピードを遅くすると、カメラはその分光を多く取り込んで、夜景がきれいに写る。月と星の明かりだけなので、街の夜景を撮るよりも思い切ってシャッタースピードは遅く。父は二十秒近くに設定していた。

カメラをしまってからも、ぼくたちは夜の浜辺でくつろぐ猫をしばらく眺めていた。

「やっと夜の島巡りができたなぁ」

父がふとそんなことを呟いた。

夜の島巡りは、次の機会に。――いつか、息子と一緒に。

前回は、その約束で終わった猫の島だった。

「前は……」

夜の海で、猫を助けたんだよね。そう言いかけて、ぼくは口をつぐんだ。

父が亡くなった母を思って号泣したときの話だ。晴子さんとの家族旅行で持ち出す話じゃない。

「何だ？」

父が促したので、ぼくは話題をちょっとだけ方向転換した。

「前は、夜の島巡りはしなかったの？」

不自然じゃなく言葉を繋げるには、これくらいの方向転換が精一杯だった。何しろ子供だったものだから。

父と晴子さんが目を見交わした。お互い、小さく微笑む。

「前はなぁ。時化で海が荒れてたんだよ」

嘘はついていない。だが、全部は話していない。

大人はこんなふうに話題を穏やかに丸めるんだな、と思った。お父さんにも大人っぽいところがあるじゃないか、とも。

「次はリョウと一緒に来たかったんだ」

うん、知ってる。――とは、ぼくも言わずにおいた。

「みんなで来られて、よかったね」

全部は話していない。でも、嘘ではなかった。


猫の写真はたっぷり撮ったので、次の日は石垣島で観光して帰ることになった。

九時過ぎに石垣島に着く便に間に合うタイミングで、宿を出る。

晴子さんがアナログな受け渡し場所に鍵をしまい、送迎の車に荷物を積み込んでいると、白砂の道を古ぼけた猫がとことこ歩いてきた。

潮焼けで黄ばんだ白地に、黒いぶち。そして――

「あら！」

晴子さんが、はしゃいだ声をあげた。

「カツさん！ ほら」

父も、猫を見て「おお！」と嬉しそうだ。

「元気だったか、お前」

古ぼけた猫は、大人しく父になでられた。親しげに頭を父の手にすりつける。

「昔来たとき、海で溺れてたのをカツさんが助けてあげたのよ」

うん、知ってる。――とは言わずに、ぼくは頷いた。

「何度か見たよ」

古ぼけた猫の右目は、真っ白に濁っている。

「未だにこの辺がねじろか」

「それがね、カツさん。あれからしばらくして、ご近所さんが飼ってくれるようになったのよ」

「へえ！　よかったなぁ、お前。畳の上で死ねそうじゃないか」

おかげさまで、というように、猫はまた父の手に頭をすりつけた。晴子さんにもすりすりしてから、ぼくにも。

どうも、とぼくは呟いた。――いろんな話を聞かせてくれて、ありがとう。

「そのうち、お母さんって呼ぶからさ」

なでながらそう呟くと、猫は体全体をぼくのすねにこすりつけてきた。まるで、ぼくを誉めてくれるように。


家に帰った翌日、父はさっそく写真を焼いて、編集部に送った。

次の月、編集部から猫特集の雑誌が送られてきた。

「ああー、駄目だったかぁ！」

父が雑誌をめくりながら、悔しそうに天井を仰いだ。

ぼくと晴子さんも雑誌を覗き、すぐに察した。父の一番の自信作が使われていない。浜千鳥を狩ったハンターの写真。

採用されていたのは、夜の浜辺に戯れる猫や、あざとくかわいい子猫の写真だった。

別にどの写真が採用されたところで報酬は変わらないのだけど、自分の自信作が使われないとやっぱりへこむらしい。

「元気出して。わたしはあれが一番好きよ、一番沖縄の猫らしい写真だと思うわ」

「ぼくもあれが一番だったよ」

父が落ち込むといろいろ面倒くさいので、二人がかりで持ち上げにかかる。

阿吽《あうん》の呼吸は、かなり親子っぽくなってきた。

お母さんと呼べる日は、そんなに遠くないかもしれない。

だから、安心してくれよ。——右目の濁った古ぼけた猫に、ぼくは心の中から便りを送った。

fin.

トムめ

×月×日
真夜中、枕元でふんふん荒い鼻息がする。ちょんちょんとヒゲが当たる。目を開けると、ゼロレンジでトムさんが伸び上がってこちらを覗いている。
真っ黒お目々で起きろ起きろとせがみ、ついていくと先導するようにこちらを振り向きながらリビングのおやつストッカーへ。小腹が減ったのでおやつを出せ。時間は午前三時である。
トムめ、可愛いトムめ。
×月×日
毎度午前三時に起こされて睡眠不足につき、今日は無視すると強い心で就寝。ふんふんを無視すると枕元に飛び乗り、枕をふみふみ。寝たふりを決め込んでいると間違った振りをして五回に一回顔を踏む。根負けして起きる。
トムめ、可愛いトムめ。
×月×日
今日こそは起きぬ。強い心で就寝。ふんふんを無視。ふみふみも無視。トムさん撤退。
今日は安眠が訪れたと思ったら突然「ピヨピヨ！　ピヨピヨ！」と電子音の鳥の音《ね》。振ると鳥の鳴き声がするオモチャである。人間を起こすためのアラームとして使いよった。天才か。
トムめ、可愛いトムめ。
×月×日
負けぬ。ふんふんを無視。ふみふみも無視。ピヨピヨも無視。一時撤退。
再び枕元に飛び乗ってくる。ふみふみはもう効かぬ。顔の上に四つ足でまたがった。腹の毛がこちらの鼻に触れるか触れないかの高さで静止してさわさわ。起きるしかねえわこんなもん。
トムめ、可愛いトムめ。

×月×日
負けてはならぬ。ふんふん、ふみふみ、ピヨピヨ無視。腹毛攻撃は横を向くことで回避。トムさん撤退。ややあってリビングで「ピヨピヨ！　ピヨピヨ！　ピヨピヨ！（以下略）」と狂ったような鳥の音が。ぶち切れて聞こえよがしに鳴らしている。怒りに任せたロックなビートが睡魔をかき消す。
トムめ、可愛いトムめ。

×月×日
ふんふん無視、ふみふみ無視、ピヨピヨ、即座に取り上げて布団の中に隠す。腹毛回避。トムさん枕の逆に回り込み、こちらの顔にデコをすりつけて激しくスクリュー。ここへ来てまさかのクソかわいい媚態。無視したら二度とやってくれないかもしれない。損得勘定により起きざるを得ない。
トムめ、可愛いトムめ。

×月×日
睡眠時間が足りないので昼寝。トムは網戸の窓辺で日光浴。
と、突然毛を逆立ててソワソワ騒ぎはじめた。見ると窓の外にかわいいお客。
「あら、かわいいちゃんだね～」と話しかけると、トムがすごい形相でこちらを見上げる。目は口ほどに物を言う。「何言ってんねんお前……！」

トムめ、可愛いトムめ。

網戸に桜の花びらがひらひら吹きつけた。よそのかわいいちゃん、それを潮に引き揚げ。

借景の桜、本日散り初め。


トムさんは猫である。

２０２０年、世界は核の炎に包まれてはいないが、まあまあ大変なことになっている。

だが、今年もジンチョウゲが咲き、モクレンが咲き、桜が咲いた。

来年も春の花は咲くであろう。

そして、来年もトムさんと私は夜中の攻防を繰り広げている。


そろそろ一年。

梅は咲いたか、桜はまだかいな。

やはり、トムさんと私は夜中の攻防を繰り広げている。

……と、飼い主がこのテキストを叩いている最中のことであった。

背後からグルルルル、グルルルルと謎の低周波が響いてきた。

振り向くと、トムさんがソファでボアのクッションをふみふみしながら喉を鳴らし、こちらをじっと見つめているのであった。

どうしたどうしたと近づいて顔を寄せると、ふみふみしながらこちらのおでこに自分のおでこをすりすりしてきた。

トムめ、可愛いトムめ。


単なる自慢なので忘れてくれてかまわない。

シュレーディンガーの猫

＊

佃香里《つくだかおり》が里帰り出産を終えて帰宅すると、自宅には大事件が勃発していた。

留守を守っていたのは夫の啓介《けいすけ》。ツクダケイスケという名義で月刊少年誌に漫画を描いている中堅漫画家である。数年前に一発ヒットを飛ばし、その後は単発や短期連載が中心ではあるものの、至って「堅調」な活動が続いている。

もともと生き物としての全てのスキルを漫画に全振りしているような男だ（全振りしても次のヒットが易々と飛ばない辺りがこの業界の厳しさだが）。香里が里帰りしている間に少しは家事にスキルを振るよう命じて家を出たが、家がまともに保たれていることなど期待していなかった。

そもそも今日だって最寄りターミナルの上野に迎えにくるはずだったのだが、新幹線を降りる直前に行けなくなったと平謝りの電話がかかってきた。締切り時期ではなかったと記憶しているが、何しろスキル漫画全振りの男なのでこうしたことは日常茶飯事である。妻のいない一ヶ月で魔窟と化した家を一夜漬けで片づけようとして力及ばなかったとかそんなところだろう。漫画のスケジューリングさえ後ろ後ろにずれ込んで行くのだから、家政のハンドリングなど夢のまた夢である。

抱えた赤子と自分の体力を鑑みて、駅でさっさとタクシーを拾って飛ばした。

赤子の用品は自分で見繕って手配してある。ベビーベッドだけは組み立てておけ、さもなくば死だと厳命してあるので、それさえクリアできていたら殺すのは勘弁してやるというところか。

自宅は今を逃《のが》せば絶対買えぬとヒット作のときに可能な限り頭金をぶち込んで購入した中古の戸建てである。帰り着いて呼び鈴を鳴らすと夫は不在であった。近所のコンビニにでも出かけたのか。自分で鍵を開けてドアをオープン。

どれほどの惨状が待ち受けていても驚くまいぞ、と固めていた決意は拍子抜けになった。ややほこりっぽいし、廊下には開梱した空き段ボールが乱雑に積み上がっていたものの、どちらかといえば片づいている。

段ボールは主に香里の手配した赤子用品である。ミルクにおむつにお尻拭きにネコチャン清潔トイレ……おい待て。

二度見したが変わらない。ネコチャン清潔トイレの空き段ボールは厳然とそこにあった。

と、背後でドアがガチャリと開いた。

「あっ……」

振り向いて目が合った夫・啓介は、あからさまに疚《やま》しい声を上げた。

片手に提げられたのは鞄――ではなく、動物用のキャリーだ。

中身はピャウっとサイレンのような鳴き声を上げた。

「何だそれはァ――――!」

叫んだ香里の腕の中で、今度は赤子がふぎゃあと泣いた。

赤子の名は栞里《しおり》という。

名付けたのは啓介である。

名付けを啓介に任せるのは最初から決めていた。そうでなくとも漫画全振りで何かと頼りない夫だ。子供ができたときもぽかんとするばかりで嬉しいのやら嬉しくないのやらさっぱりだった。あまつさえ「俺の子？」と訊かれて、そのまま戦争が勃発した。とはいえ秒で「離婚だ！」と機関砲を放ったので、啓介は「救護兵《メディック》！」と叫び続けたに過ぎなかったが。

違う違う、そうじゃ、そうじゃないと壊れたレコードのように啓介はひたすら泣きを入れ続け、怒り疲れた香里がそうじゃないなら何だと訊くと、今度は「信じられない」と吐《ぬ》かした。

よろしいやはり離婚だ、といっそ高笑いしそうになったが、手振り付きで「誤解だ」と来た。何が誤解だ。

自分が親になるなんて信じられない、というようなことを啓介は言ったのだと思う。香里も頭に血が昇っていたので正確には覚えていないが。

こんな駄目な自分が親になるなんて信じられない。そういったようなことをくどくど語った。漫画全振りで社会生活に支障を来しがちな啓介らしい泣き言ではあった。

漫画を描いてるだけで脱税しそうになるのに俺なんか。

ヒットを出して収入が激増したが仕事に追われて確定申告ができず、ずるずるほったらかしてそこそこ多額の税金を滞納というところまで行ったのは事実である。

当時、副担当に抜擢された香里の最初の仕事は、税理士を探して滞納を解決することだった。納税は国民の義務です、ドゥーユーアンダスタン？

雑誌の看板作品の作者が税金滞納など、社の評判が地に落ちる。原稿は落ちても代原があるがスキャンダルの替え玉はいない。何としても滞納金を納めさせろという密命は社長から下った。

その後、漫画の原稿を受け取ったことは一度もない。副担当としての香里の仕事は税理士との連絡が主で、やがて公共料金の請求書と必要経費の領収書を仕事場からサルベージして整理することまでが業務になり、ことのついでにと帳簿を付けることも追加された。

この辺りで税理士に青色申告を勧められ、啓介に報告すると「よきように」と手続きを丸投げされ、事業所名まで香里が捻り出して開業届を出し、さて連載が大団円を迎えた頃に香里のほうにも異動がかかった。経理部である。ツクダケイスケの副担当として積んだ実績からすれば当然か。

経理関係の引き継ぎをしようとしたところ、啓介は青くなって泣きを入れた。泣きはあらゆる局面でちょいちょい入れる。

曰く、今さら会社のことなんか丸投げされてもさっぱり分からない。

何という言い草だ。お前のことだろう、丸投げされたのは私だ。

担当も外れたことだしぶん殴ってやろうかと思ったら、君がいないと困ると来た。この流れで結婚してくれと来たのだから、佃啓介という男はある種の社会不適格者なのであった。

なので、だけど気になる昨日よりもずっとなどという甘ったるい展開は一切なかった。

ただ。

香里はツクダケイスケの漫画はかなり好きだったのである。ヒット作の前から読んでいた。

副担当として勤めた数年を見る限り、ツクダケイスケはまあまあの社会不適格者であり、このまま香里が離れたらいずれ金の問題で潰れそうに思われた。それが税金滞納か脱税か、友人か女に財産を騙し取られるかは知らぬ。

そんなことでツクダケイスケの漫画を読めなくなるのは惜しい、と一抹思った。

その一抹が私でよければと口走らせたのであった。

俺なんかが親になれるのかな。

啓介の泣きはまだ続いていた。なれるのかな、じゃねえ。なるしかねえんだ。

なれ。

結果、言葉は二文字に集約された。

はい以外の二文字は許さぬ、という気迫を見たのか啓介ははいと頷いた。

しかし、頼りなきこと甚だしのまま妊娠期間は空しく過ぎた。結局出した種が実ったくらいで
そうそう人間は変わらないのであった。

娘が生まれて産院にきたときも、感動というよりは恐ろしげな様子であった。命に対する畏怖
といえばどうにか取り繕えるか。

せめてと出した課題が名付けである。里の字が母娘で揃っていて、なかなか人の親らしいこと
を考えるじゃないかと感心したものだ。香里の両親も啓介の両親も名付けだけは全力で誉めた。

誉めて伸ばそうという暗黙の了解である。

何とぞ気長に。義父母にはそう頼まれたし、そのつもりでもいたが、——栞里、お前のパパは
思った以上の難物だ。

「……説明してもらおうか」

泣き出した栞里にミルクを飲ませてリビングのバウンサーに寝かせ、いざ膝詰めタイムである。

「はい……。……その前に、出してあげてもいいかな」

キャリーの中の子猫である。柄は茶トラ。鼻がピンクなのでおそらく肉球も——とこれくらいは見て取れる程度に猫には馴染みがある。実家ではずっと飼っていたし、今も一匹いる。

「しまっとけ」

詰めるときにうろちょろされたら括った腹がほどける。

「いつ」

いつ、どこで、誰が、何を、何故、どのように。埋まっているのは今のところ誰がと何をのみである。

いつ、どこで、啓介が、猫を、何故、どのようにして拾ったか。

「えっと……三週間くらい、かな？」

おいもうだいぶ飼っちゃってんじゃねーか！　と怒鳴りつけそうになったが「お」と発声した時点で啓介が縮み上がったのと栞里が起きると理性が働いたので踏みとどまった。

「……どこで」

「ゴミ捨て場で」

ゴミステーションは家の斜向《はすむ》かいだ。わずか数十メートルの間に一体どんな罠が。

「生ゴミだけは絶対溜めるなって香里が言うから」

三週間前、ゴミステーションで、啓介が、猫を、生ゴミだけは絶対溜めるなと香里が言うから拾いました。いやいや、おかしいおかしい。

「ゴミ捨てに行ったら猫が捨ててあって」

生ゴミ溜めるなのくだりは要らなくないか。

「三ヶ日みかんの箱に入ってて」

やけにディテールが細かい。

「うちがゴミ出し一番乗りだったんだよね」

夜型生活になりがちな啓介にとっては、夜更かししたまま早朝にゴミを出すのが一番出し忘れがないのだ。

「一番乗りだったから三ヶ日みかんのロゴがすごく目について。今日資源ゴミの日じゃないのになって。これこのまま置いといていいのかなって」

よくゴミの曜日に気がついた、社会性の芽生えに涙を禁じ得ない。

「潰しといたほうがいいかなと思って」

大人としての気遣いだが、これはいいとも悪いとも言えない。自分がゴミの曜日を違反したと思われてもいけないので、あらまあ、あらまあと怪訝な顔をしながらその場は見過ごすのも大人の知恵だ。誰かと顔を合わせたら「今日は燃えるゴミですよねぇ」などと言葉を交わし、収集車が『収集できません』の注意書きを貼り付けて置き去りにしたのを後で本人が見つけて失敗失敗と回収するのがこの近所では一般的な流れだ。

ともあれお人好し精神を発揮して箱を畳もうとしたところ、

「あれ、みかん二個入ってると思ったら、一個オレンジ色の子猫で、もう一個カビたみかんかなと思ったのは一回り小さくて黒っぽい……」

「……サビ柄っていうのよ」

まだ目も開いておらず、サビ柄のほうはもう冷たくなっていたという。身体が小さい分体力がなかったのだろう。

「それで、取り敢えず連れて帰って、獣医さんに……」

サビの遺体は獣医が引き取ってくれたという。残った茶トラについてはミルクと排泄の指導をされた。毛並みがきれいでノミやダニもいないので、人に飼われていたのが捨てられたらしい。親が子猫を産んで持て余したのだろう。

「野良の子だったらこの子今ごろノミダニまみれだよって。きょうだいが先に死んじゃったからねって」

ノミやダニは宿主が死んだらさっさと次の宿主に移動する。移動先は同じ箱の中で体温のある茶トラだ。

「離乳したら血液検査と便検査受けに来てって言われて」

離乳ってあんた。

「自分の娘が乳児だってのに……」

実家で上げ膳据え膳と甘えさせてもらっても乳児の世話はなかなか覚束なかった。ここに毎日の家事が加わり、社会性に欠けた夫が加わり、離乳前の子猫。完全にキャパオーバーだ。

キャリーの中で子猫がみゃあうと鳴き、ふたの隙間をカリカリやりはじめた。出たい出たい。

鎮まれ、心が乱れる。

「W乳児とか無理ゲーでしょ……」

「Wじゃないよ、スピはもう離乳食だし……」

おい既に名付けてんじゃねぇか。名付けはいけない、情が移る、これは手こずる。

栞里の名付けを任せたのは何のためだと思ってるんだ。

「とにかく貰い手を探さないと」

最終手段は実家だ。昔は二匹飼っていた、今は一匹なので空きがある。相性の問題があるが、最悪部屋を分ければ何とか。

と、啓介の手がキャリーを庇うように後ろ手に動いた。手は口ほどに物を言う。

「み……見捨てたら失格だと思って」

「失格って何が」

「だって栞里が生まれたのに」

すがるような目が香里を見た。

「栞里が生まれたのに、こんな小さい猫を見殺しにしたら、もう親になれないような気がして」

死んだとは限らないじゃない、拾わなくたって。詭弁が過ぎて口に出せない。三ヶ日みかんの箱の中できょうだいのサビはもう死んでいた。

自分が見捨てたらこのオレンジの子猫は死ぬのだ、自分が見殺しにするのだというストーリーを一瞬で強固に打ち立ててしまう感受性が佃啓介をツクダケイスケにする所以なのだろう。自分が拾わなくても誰か他の人が拾うかもしれない、そんな他力本願な物語は漫画にならない。

収集車が来るまで置いておこう、と無難に日常を過ごすのではなく、取り敢えず潰しておこうかなと放置された段ボールにも関係しに行く主人公の感受性。主人公ならざる者は自分と無関係な三ヶ日みかんの箱の中に猫を見出したりしないのだ。

「シュレーディンガーの子猫ね」

箱の中の猫の生死は観測するまで不明。その日、ゴミを出しに行ったのが香里だったら、近所付き合いの法則に則ってそもそも観測していないので、この猫は佃家の世界線に存在していない。

ツクダケイスケが観測して、名前までつけてしまったので、三ヶ日みかんの子猫は佃家の世界線に確定してしまった。

その感受性を栞里にも発揮しろよ、さもなくば死だ。

「猫、どこ連れてってたの」

「獣医さんに迎えに……さっき電話来たから」

言うなり啓介はぼろぼろ涙をこぼした。感情の振り幅が不安定なのでままあることだ。

「昨日の朝、スピがゲーゲー吐きはじめて」

食べては吐き飲んでは吐き毛玉を吐き、猫はよく吐く生き物だが、子猫の嘔吐はなかなか心臓に悪い。

「見たら消しゴムかじってて、吐いたのの中に消しゴム混じってて」

それは即病院案件だ。

「レントゲンとエコーしたけど、異物は写ってなくて。吐いたかけらと元の消しゴムを足したらほとんど吐いたんじゃないかって。残ってたとしても便で出てくると思うけど、念のために一晩入院させて様子を見ますって。そんでさっき、元気になったから迎えに来てくださいって」

肩で嗚咽を一つ。

「し、……死んじゃったらどうしようって……」

皆まで言えずに泣き崩れた。

泣きじゃくりながら漏らす声をつなぎ合わせると、俺が消しゴム出しっぱなしにしてたから、というようなことを言っていた。

確か動物を飼ったことはなかったはずだ。初めて自分で拾った子猫が、もしも自分の不注意で死んだら。主人公的感受性には巨大な銘が打ち込まれたことだろう。

キャリーの隙間に手をちゃいちゃいしてくるオレンジ色の茶トラの子猫。あんたが丈夫な猫でよかった。

「ごめん、迎えに行けなくて」

「……まあ、仕方ないわよ」

この状況を責めたら鬼軍曹を突破して単なる鬼だ。

「名前はスピなの？」

「スピン」

旋回？　ぐるぐる？　どういう由来かと指を回す仕草で尋ねる。おもちゃを追ってくるくると回ったりする姿からの連想か。

「ほら、それ」

啓介がローテーブルの上の本を指差した。香里の蔵書だ。そういや家を出る直前まで読んでたか。つーか一ヶ月もあったんだから片づけておいてくれてもよくないか。

「目が開いて初めて遊んだとき、それのしおり紐にじゃれたんだ」

ページの下端からはみ出た数センチ。青いしおりだ。

「ずーっとちゃいちゃいちゃいちゃいちゃい。かわいくって」

「じゃあそのかわいいの出してごらん」

キャリーを開ける啓介の手を茶トラのスピンはちゃいちゃい叩いた。よく慣れている。受け取ると何十年かぶりの和毛《にこげ》の感触。粘土にスッとへらを一回走らせたような頼りない一本線のおちりの穴の下に、ほわほわのにゃんたまは不在であった。

「妹……かな？」

「さすが」

「スピンって響き、男の子っぽくない？」

「でも、栞里の妹だから」

猫の名前をつけるとき栞里のことがよぎったのなら啓介としては上出来だ。

「ほら栞里、妹だよー」

栞里の枕元にホールドしたスピンを近寄せる。スピンは栞里の頭をふんふん嗅いだ。スピンも和毛、栞里の髪もまだ和毛である。

ミルクの匂いでもしたのかスピンはごろごろ喉を鳴らしだし、栞里の和毛を毛繕いしはじめた。栞里が目覚めてスピンのほうを見た。目はまだ見えていないはずだが、不思議と見つめているように見える。まだ笑わないはずだが、何となく笑っているようにも見える。

相性はなかなか良さそうだった。

思ったよりも部屋が片づいていたのは、スピンの誤食のせいもあるらしい。猫の誤飲、誤食の恐ろしさを獣医に散々聞かされて、スピンの入院中に徹夜で片づけたという。

「掃除してたらスピが間違って飲んじゃいそうなものがたくさん落っこちてて。よく今まで無事でいてくれたなぁってぞっとした。紐とか飲んだら開腹手術になるんだって」

ふと気がつくと、リビングのサイドボードに積み上がっていたレゴやプラモがアクリルケースに片づいている。落ちた部品に足裏をえぐられてぶち切れること万回、捨てられるか片づけるかどっちか選べと香里が買い与えたケースだが、この数年間箱のまま埃を被っていた。

女房が万回キレるより猫一匹の説得力。いやいや、これは仕方ない。猫に勝てる女も男もこの世に存在するものか。

「スピが飲んじゃうものは栞里も飲んじゃうかもしれないし。スピと栞里が帰ってくる前に家を片づけなくちゃって」

おや、と以前と変わった啓介に気づく。主従は逆だが、スピンが危ない↓栞里も危ないと連想が繋がるようになっている。

「あと掃除機かけたら終わりだから」

言いつつ啓介が腰を上げる。家事に自主性が生まれている。

「フロアワイパーがいいかも、栞里が起きちゃう」

和毛をスピンに毛繕いされた栞里はバウンサーでまた眠りに落ちていた。

「そうだね、スピも恐がるし」

そういえば、とふと気がついた。

「バウンサーって私買ったっけ」

手配する子育て用品を検討したとき、使える時期などを勘案して優先順位を下げた覚えがある。

「あ、俺が買っといた。スピが運動会になったとき踏むかもと思って」

目が開いて立体機動が増え、だいぶやんちゃになってきたという。

「二、三日前に届いて組み立てたんだ。間に合ってよかった」

「……あんた、人間らしくなったねぇ」

ついに口に出た。

啓介は照れたように笑った。照れるところだろうか。一般的には怒るところでは？

「スピや栞里が死んじゃったり怪我したらイヤだし」

主従の主は猫。まあいいまあいい、小さな問題だ。猫の安全は子の安全、子の安全は猫の安全。表裏一体、陰陽合一、家内安全。

ワイパーをかけはじめた啓介に、スピンがピャーイピャーイと鳴きはじめた。ああ、この声は分かる。

「スピンのごはんは？」

「レンジ台の下の抽斗《ひきだし》。パウチ入ってるから半分出してちょっとあっためて」

答えた啓介が「よく分かったね」と目を丸くする。

「栞里がおなか空いたときと一緒だもん、声が」

言葉を喋らないからだろうか、声に籠められた魂の要求がぶつかってくる。

香里が台所に立つと、スピンはとてててっと追ってきた。あまり節操はないようだ。それともこの家の人間だと分かっているのか。動物も赤子も見知らぬ人間との関係性を家族の気配で判断するという。

スピンの皿と水鉢はトレイとセットの専用のものが台所に揃えてあった。割と強い決意でもう飼うつもりだったことが分かる。

香里の足元を8の字ですりすりするスピンの尻尾はピンと天を衝いて立ち、先っぽがぷるぷる震えている。喜びのうれしっぽ。猫の尻尾は長くても短くてもかぎでもそれぞれにいいものだが、長いしっぽは表情がよく出る。

温めた柔らかいフードを出してやると、ウニャウニャ言いながらがっつきはじめた。病院では緊張して食べるどころではなかったのだろう。

上から見ると頭と胴でふわふわ毛玉が二つ、小さいほうに耳付き。どこからどう見てもグッドデザイン賞しか出ない奇跡の生き物。しかも期間限定の子猫、いつまででも見ていられる。

「いかんいかん、時間泥棒だ」

振り切って腰を上げる。

「玄関の段ボール畳むねー」

声をかけて向かおうとすると、「いいよいいよ」と啓介が止めた。

「新幹線で疲れてるだろ、ちょっと横になりなよ。栞里が泣いたら呼ぶから」

……本当に人間らしくなった。戦慄さえ感じる。

お言葉に甘えて寝室に向かうと景色が変わっていた。入ってすぐの壁際にベビーベッドがあり、そこにベビーベッドを置くために夫婦のベッド二つは向きが変わっている。赤子の世話の動線を考えたレイアウト変更だった。

ベビーベッドだけは組み立てておけ、さもなくば死だ。厳命は及第、むしろ勲章ものだ。

カバーリングは香里が家を出たときから変わっていないようで、枕カバーからは自分の皮脂の匂いがしたが、それくらいは屁でもない。もともと布団の上げ下ろしが面倒くさいという理由のベッドである、シーツも胸を張れるほどこまめには替えていない。雑談の席で布団カバーをどれくらいの頻度で替えるかという話題が出たら、言葉を濁して場を逃げる派だ。

ベッドに入ってしばらく、トトトと軽い足音がやってきた。来るかな、来ぬかな。窺っていると床をうろうろする気配がして、またトトトと出ていった。

家の中を勝手に動き回る小さな生き物の気配は、思いのほか胸をほわんとさせた。猫ブランクが長かったせいだろうか。

このほわんと一緒に育つのは赤子にとっても悪くないことのような気がした。

栞里の爪は毎日切っている。赤子の爪は薄い剃刀《かみそり》のようなもので、少しでも伸びると世話人の皮膚をさっくり切り裂く。母親のデコルテなど傷だらけだ。何より手足を動かした際に赤子自身の皮膚を傷つけるのが恐い。まだそれほど動くわけではないが、自分の顔には手が届く。

スワロフスキーの粒のように小さい、何なら粒より小さい赤子の爪を切るのはなかなかの恐怖だ。赤ちゃん用の爪切りばさみを使っているが、はさみの小ささと重圧は反比例だ。

「ああっ、恐い」

重圧に負けてうめくと、啓介が鉛筆を走らせていたノートから顔を上げた。ちょっとした思いつきのメモやスケッチ用のノートだ。どこかにふと持っていったりもするのでリビングには常に数冊ある。落書きがネタになったりもするので大事な飯の種だ。

「俺、切ろうか」

マジか。結婚三年目にして自主性の芽生え。

「できるとこまででいいからね」

機嫌を見ながら合間合間で数本切れたら御の字だ。それもあって毎日の爪チェックになる。

栞里を受け取った啓介は胡座《あぐら》でポジションを決め、爪切りばさみを構えた。

「指切らないでね、深追いしないで」

「たぶん大丈夫」

たぶんが少々恐かったが、これがなかなか達者であった。握り込んだ指がほどけた瞬間にさっと摑まえ、ちょんちょんと一本二本。何なら三本四本。

「すごい、上手いじゃん」

「トーン貼るのに比べたら」

今はデジタルに移行したが、ツクダケイスケはアナログ時代から美麗なトーンワークに定評があるのであった。

「何よ、基本私より器用なんじゃない」

「こういう作業はね〜。それにスピより楽」

スピンはといえばソファでヘソ天だ。

「子猫の爪って凶器じゃない」

赤子の爪が剃刀だとしたら子猫の爪は鋭い鉤だ。細いのでよく刺さる。爪をしまう腱が育って爪の出し入れができるようになると手足の筋力も強くなっているので、ハーケンを打ち込む勢いで容赦なくぶっささる。

「スピが来てから調べたの、俺。猫の爪って曲がってるから、伸ばしっぱなしだと自分の肉球に刺さっちゃうこともあるんでしょ？」

「あー、伸ばしっぱなしだとそういうこともあるかもね。室内飼いだと歩いて削れるのも限度があるだろうし」

それに巻き爪が強い個体もいる。

「あんなぷにぷにのピンクのかわいい肉球に爪が刺さるなんて、考えただけで泣く……」

「今はぷにぷにのピンクのかわいいお指に集中してくれる？」

「それに猫の爪って切りすぎたら血が出ちゃうんでしょ？　嫌がってめっちゃ暴れるから、いつブチンってなっちゃうか恐くて」

「栞里の爪がブチンってなったら殺しますよ？」

イエローカードをちらつかせつつ、しかし啓介の手付きは危なげがない。

「スピに比べたら栞里はおとなしいしいい子。めっちゃ楽」

猫かー。やっぱ猫が主かー。だが、そんなこんなの間に両手両足が全部終わり、これを機会に爪切り係は啓介に押しつけた。

そして、猫の効果は意外と多岐にわたった。

赤子の授乳は無慈悲の二、三時間おきで、それは夜中も変わらない。床に入って睡魔に落ちた頃にふにゃーんとサイレンが鳴り響く。

母乳は里帰り中に涸れ尽きたので、ミルクミルクとじたばた布団を這い出す。

すると啓介がもぞもぞ起き出すのであった。

「俺作ってくるから寝てなよ」

せっかくのお言葉だが、二度寝できるほどミルクサイレンは穏やかでない。ベビーベッドから栞里を抱き上げ、あやす。

階下から密やかに台所の物音が響く。

旦那って起きないよー、と職場の先輩ママには脅されていた。曰く、夜中の戦力に数えるな。だが、啓介は今のところ赤子サイレンに気づかず寝こけていたことはない。

だって、スピがさ。とここでも猫なのであった。

離乳前に捨てられていたスピンは、拾って二週間ほどはミルク生活だったという。

スピも二時間タイマーだったからね。

子猫のサイレンは機械のアラームのように甲高く、気づかず寝こけることは不可能だ。何なら栞里のほうがよほど耳に優しい。

俺がちゃんと見てやらないと死んじゃうから。

温度を調えてミルクを作り、ミルクをやる前にぬるま湯で湿したティッシュでお尻を刺激して排泄を促し、仰向けでミルクを飲ませると気管に入る恐れがあるのでスフィンクスの姿勢で乳首をくわえさせ、飲み終えた哺乳瓶は熱湯で消毒するところまで完璧だったというから恐れ入る。

実家で猫が途切れたことがない香里でさえ、そこまで子猫の面倒を見たことはない。全部母親任せだった。

手抜かりに言い訳がきかない、問答無用に無力な毛玉の存在はこれほどまでに人を変えるのか。

よくやったよねぇ、あんたが。

大いに含みを持たせた感想に、啓介は照れ笑いした。

今はG先生とかY知恵袋とかいろいろあるから。

ふと興味をそそられて共用のタブレットの履歴を見たところ、啓介の個人アカウントでY知恵袋が大変なことになっていた。

【質問者】子猫を拾いました。獣医さんで濡らした脱脂綿でオシッコをさせるように言われましたが、脱脂綿が家にありません。どうしたらいいですか？

【回答者】別にティッシュでも大丈夫ですよ。

【回答者】女性の家族がいるなら化粧用のコットンがありませんか？　コンビニでも売ってますよ。

【回答者】濡らすのはぬるま湯で！　冷たい水はNG、子猫ちゃんが風邪を引いてしまいます。

【質問者】たびたびすみません、子猫のオシッコの者です。子猫がミルクを飲んでくれません。乳首をくわえただけで顔を背けてしまいます。どうしたらいいですか？

【回答者】ミルクの温度は大丈夫ですか？　人肌よりやや温かい程度（38〜40℃）です。手首で温度を見たらいいですよ。

【回答者】ぬるすぎるのでは？　熱めの湯冷ましで溶かして、哺乳瓶を振って冷まして。

【質問者】湯冷まし？　って何ですか？

【回答者】ググれカス。

【回答者】沸騰させてから冷ましたお湯です。70℃くらいかな。哺乳瓶に入れて流水で冷まして。

【質問者】飲む温度が40℃ならレンチンで40℃にしてはダメですか？

【回答者】塩素とかカルキを飛ばすためなので沸騰させてから冷ましてください。

【回答者】猫殺す気かな。

【回答者】電気ポットで70℃の保温設定にしとけばいいじゃん。沸騰させてから勝手に保温してくれるし。

【質問者】そんな便利なモードがあるんですね！　調べてみます！

【回答者】自分ちの電気ポット使ったことないの？

【質問者】今まで家のことは奥さんがやってくれていたので……今、里帰り出産でいないので。帰ってくるまでは僕が一人で育てないといけないのです。

【回答者】うわ、奥さんむご。

【回答者】押しつける気満々。離婚案件。

【質問者】離婚案件でしょうか？

【回答者】家裁で待つ。——妻。

【回答者】つーか奥さん帰ってくる前に猫死なせてるに一票。

【質問者】死なせたくないです。結局ミルクは冷ますのと温めるのとどちらがいいでしょうか？

【回答者】自分で判断しろよ。お前の持ってるミルクの温度、何で俺たちが分かるんだよ。

【回答者】釣りかな。

【回答者】作り直したほうが早いですよ。こんなところで書き込んでないで早く。

【回答者】釣りだって。非実在猫だよ。

【回答者】釣りじゃなかったらねこちゃんが死んでしまいます。私は実在するかもしれないねこちゃんのために回答しています。

これは軽めの炎上では。実在か非実在かも分からない猫のためにマジレスクソレス入り乱れて大騒ぎだ。しまいに奥さんに白状しろと学級会になってしまった。皆さん夫が大変面目ない。

【質問者】たびたびすみません、猫のオシッコです。……

ついに猫のオシッコが疑似ハンドル化した。

……先日はミルクのアドバイスをありがとうございました。ところで、オシッコは毎日ちゃんと出るのですが、どうも今までウンチらしきものが出ていません。もしかして病気でしょうか。

【回答者】ミルクはちゃんと飲みますか？　ミルクを飲んでいるなら心配ないと思います。子猫のウンチはとても細いので見逃しているだけでは。

【回答者】ゴールデンネコチャンミルクはほぼ100%吸収されるのでミルクのうちはウンチが出ないこともあります。

【回答者】お尻刺激するティッシュに黄色っぽいほっそい線がついてたことない？　それウンチ。ところで奥さんには白状したの？

【質問者】黄色っぽい細い線！　あれウンチだったんですね！　奥さんにはまだ言えていません

……

【回答者】早く言いなよ。もし奥さんが怒って猫捨てろって言ったらどうする気？

【質問者】奥さんはそんな人ではありません。少なくとも子猫を不幸にしたりはしません。

【回答者】じゃあ言えばいいじゃん。

【質問者】でもきっとものすごく怒られます……

【回答者】人はそれを自業自得と言う。

【回答者】まあ、里子に出せとは言われるかもね。

【質問者】それも辛いです……今さらこの子と別れるなんて……来週奥さんと子供が帰ってくるので、それまでには何とか話をしたいと思います……

【回答者】お前、困ったこと先延ばしにするタイプだろ。

正に困ったことを先延ばしにして脱税しそうになったことを彼らが知る由もない。

【回答者】絶対言えないに一票。百万ジンバブエドルを賭けてもいい。

結果、円を賭けても大丈夫だった展開で今に至る。質問スレッドは百万ジンバブエドルの後は「猫のオシッコどうなったかな」「今ごろ家裁かな」などとぽつぽつレスがついている。

トトトッと階段を駆け上がってくる音がした。

「あらスピちゃん来たの〜」

夜中はリビングのケージに入れているが、啓介が出したらしい。このまま起きて仕事をするのかもしれない。締切りはまだ先だが、読み切りが一本入っているはずだ。

スピンは香里の向こうずねに両手をかけて、ふーんふーんと上を気にした。栞里が泣いているのが気になるようだ。昼間も栞里が手の届くところにいるとよくやってくる。特にいたずらなどをする様子もないので、バウンサーではなく床に敷いた赤ちゃん布団に寝かせることも増えたが、そういうときは横で丸くなったり毛繕いをしたりとなかなか仲睦まじい。

おかげさまで仲良くなっております、と心の中で回答者の皆々様に手を合わせる。

「お待たせ」

啓介は哺乳瓶を持って遅れて登場。ミルクは常に適温だ。考えてみれば離乳前の子猫の世話は完全に子育ての訓練である。

乳首をくわえさせるとサイレンはぴたりと収まり、んっくんっくと力強くミルクを吸う。

「ほーらスピ、栞里がミルク飲んでるよ～。えらいね～」

啓介がスピンを抱き上げて栞里のそばに寄せると、ミルクの匂いがするのかスピンはお手々をパーに哺乳瓶をちゃいちゃいした。

「お前はもうミルク卒業しただろ」

もう乳首を噛みちぎるほどしっかり歯が生えている。人間と比べて展開が早い。

「仕事する？」

「目が覚めちゃったし、ついでにね」

元々夜型である。香里が育休の間はうっすら日勤夜勤の分担ができて助かる。

「新作のプロットも少し揉んどきたいし。なかなか難しいけどね」

ややセンシティブな話題。数年前のヒット以来、長期化した連載はない。佳作と評価されつつも数巻でまとまっている。編集部にはヒット作超えを期待されているが、ネットの下馬評はあれ以上は無理だろうと叩かれており、本人はエゴサーチしないでいられるほど強い心の持ち主ではない——というか、クリエイターにエゴサーチするなというのは人間性の無視だ。

クリエイターは人間で、人間は自分が手掛けたものの評価が気になる本能を持っている。その本能を封じろと言われて封じられる人間などこの世にどれだけいるのか。

編集者のスタンスも近年では随分変わっているという。昔はネットなんか気にしちゃ駄目ですよと一蹴することが多かったらしいが、そうしたらクリエイターは一人でネットの意見を見て、翻弄されて、すり潰されていく。新人は特にそうだ。中堅でもまだまだ。アンチの手紙を編集部で弾いて賞賛しておけばよかった時代とは違う。いくつもの才能をすり潰し、ようやく編集者はクリエイターを一人にしないという支え方を獲得したのだ。

編集者としての実績より経理の実績が上とはいえ、一度は編集者を志した身だ。

「私はツクダケイスケの漫画が好きだよ」

それが結婚の背中を押したと言ったことはないが。

「ツクダケイスケの新刊が出てたら、どんなジャンルでも買うよ」

前のヒットは異能力バトル物だったが、ツクダケイスケの描いたものならラブコメでもお仕事物でも何でも読みたい。

「必ずしもSFじゃなくてもいいと思うし」

以前、短期集中で描いた青春ラブコメも香里は好きだった。意外と日常物は行けるのではないかと思っている。

「長期連載狙うなら得意分野のほうがいいかなって下心出ちゃうんだよね……」

「あんまり計算しないほうがいいよ」

向いていない。好きなところを掘っているうちに鉱脈にぶち当たるタイプだ。

悩み相談室の気配が立ちこめてきたところで、栞里がミルクを飲み終わった。

「よーしよし、げっぷだげっぷだ」

香里が揺すって背中を叩くと、わきへ置いた哺乳瓶は自然と啓介が取って立ち上がった。よく訓練されている。

「このまま仕事部屋行くね、寝られたら寝てて」

「ありがと」

トコトコ出て行く足元をトトトが追った。訓練教官だ。三週間のアドバンテージは大きいようで、やはり香里より啓介によく懐いている。

香里の訓練教官は助産婦だった。母親は初孫なのでブランクが大きく、第二教官。第一教官である助産婦には育児の基本理念を叩き込まれた。

トイレに食事に身だしなみ、赤子泣いても捨て置くな。

赤子が泣くと新米ママとしては飛んでいきたくなるのが人情だが、「泣いているうちは生きている」ので母親のトイレと食事と身だしなみを優先させろとの教えであった。

マジでヤバいときは泣きません、静かに命の危機に陥ってます。

それはそれで恐い。

泣くとしても泣き方が全然違います。

平常営業と緊急事態宣言を聞き分けるためにも日頃の泣き方をしっかり覚える必要があるし、母親のトイレと食事と身だしなみは誰も替わってくれない。泣いとる泣いとるとトイレで気張り、飯を食い、何なら口紅の一つも引くくらいにどっしり構えて泣き声をしっかり聞いておくほうがいいという。マジか。

身だしなみは緊急性が低いのでは、と思ったが、気分の上げ下げは育児において重要らしい。

何より――

着の身着のままだと不意のお客さんにもすぐ出られなくて困るでしょう。

宅急便や郵便の配達が来てもそのまま出られる程度に身綺麗にしておけという教えでもあった。

ついついトイレを我慢して膀胱炎になったり、食べずにおっぱいをやって貧血を起こしたりはままあるという。乳児を抱えて病院に行くのは難易度が高いし、ふらついて赤子を取り落としたりしたらそれこそ大怪我をさせるかもしれない。

赤ちゃんの命を守るためには、まずお母さんが健康でないといけません。

妊娠中は食べ物飲み物まで気を遣うが、生まれた後は自分を疎かにしがちになるのが新米ママあるあるらしい。

新米の身には赤子の泣き声はすべて緊急事態宣言に聞こえるが、ぐっとこらえて三つの自分事を優先する癖はついた。何なら赤子の泣き声をBGMに母と食後のお茶を飲めるくらいに。

日頃と違う泣き方は幸いまだ聞いたことがないが、おそらく聞き分けはもうできる。社会性に欠けた夫をトッピングしてもどうにか死なさずに済むのではないか、という手応えを持って帰宅したら、思いがけず楽だった。

スピン教官のおかげ様々である。

多くの赤子に搭載されている背中スイッチは、栞里にももれなく搭載されており、抱っこしてうとうとしてきたのでベビーベッドに寝かせようとしたらぱちっと目が開いて泣きぐずる。

起こさないよう左腕に抱き、右手でワイパーをかけるくらいはお茶の子さいさい、人間は進化する。そうこうしているうち二の腕の太さが左右で違ってきた。首が据わっていないので二の腕を枕にするためである。栞里の体重はそろそろ五キロになる。生き物としての安定感が出てきた。静かに死んでいるのではないかとふと不安に駆られるようなことも減った。

人間の比にならぬ速度で安定感を獲得しているスピンは、立体機動に磨きがかかってとうとうレースカーテンをてっぺんまで上るようになった。覚えてほしくなかった技だ。上るのはいいが、下りることができないので、てっぺんにぶら下がったままニャアと鳴く。「助けて」ではなく、「下ろせ」である。

「これ、もっと重くなったらどうなるんだろう。爪が引っかかったまま抜けちゃうんじゃ……」

「知りたい？」

香里は鼻でフッと笑った。

「カーテンのほうが裂けるのよ」

実家では子猫を迎える度にレースのカーテンがびらびらになっていた。何なら網戸も裂ける。

カーテンは柄を選ばなければ安いものがあるが、網戸は貼り替えにけっこうかかる。

「ブラインドにしたほうがいいかなぁ」

「バッキバキに折れるわよ」

試せるものは大体試した。世の中のインテリア用品は猫を飼う前提にはなっていない。

「お昼作ろうか？」

そろそろ小一時間ゆりかごになっている香里に気を遣ってか、啓介が申し出た。

「いや、もう背中スイッチ入れるわ」

気を遣ってくれるのはありがたいが、料理に関してはお湯を入れて三分から一向に進化しないのでカップ麺の顔を見るのが嫌になっている。香里も達者ではないが、冷凍庫には冷凍うどんを常備している。レンジでチンして卵と醤油で釜玉、大盤振舞いでネギも刻んでオンしてやろう。仕上げはもみ海苔かすりごまか、粉チーズでも洋風のコクが出る。いやいや、コクなら天かすもあるぞ。

手っ取り早くやっつけたい心と食べたいものの両立点を探しながら、覚悟を決めて栞里の背中スイッチを入れる。布団に背中がついたかどうかでバチッと目が開き「ブルータスお前もか」と言わんばかりの顔芸を溜めに溜めて雄叫びが上がる。

「泣いているうちは生きている」

「泣いているうちは死んでない」

合い言葉はお互いを励ますために口に出すようにしている。

と、そこにスピンがトトトとやってきた。また毛繕いでもするのかなと思っていたら、栞里の横腹にぎゅむっと顔を突っ込んだ。思わぬ側面攻撃に、栞里は「ふぉうっ」と不思議な音色の声を吐いた。

スピンはそのまま栞里の腹をふみふみ手で揉みはじめた。思いがけないかわいいコンボに大人は「ハフゥ!」「オッフォ!」と奇声である。

あわててそれぞれ自分のスマホを構えて連写。カシャーンカシャーンとシャッター音が数十回鳴った辺りで「いやいや動画でしょ」と切り替える。

ふと気づくと、栞里の雄叫びがやんでいた。目がとろんとして、やがて瞼が静かに下りる。

マジかー、と呟きは重なった。

スピンのふみふみもやがて途切れ途切れになり、こちらも寝オチ。

余韻をたっぷり堪能して、密やかに香里は腰を上げた。抜き足差し足で台所に向かう。

レンジでチンして卵と醬油、ネギを刻んで粉チーズをぶっかけ、仕上げに黒コショウを挽いてみた。冷凍うどん昼下がりのカルボナーラ風、箸でぐっちゃぐちゃにかき混ぜてすすれ。

カフェのメニューにはならないが、乳児と子猫を抱えた夫婦の食事としては上等であった。


スピンのふみふみ子守りはその後も度々観測された。ふみふみが出ると栞里は百発百中寝る。横腹ふみふみが寝オチスイッチなのでは、と大人の指で真似してみたが、スピンでないと寝ない。踏みながら指をぎゅむぎゅむという高度な動作を再現できないためか、あるいは寝てくれという邪念が強すぎるのか。

寝ている間は家事のチャンスタイム。二階でフロアワイパーをかけていると、階段をドタバタと駆け上がってくる足音がした。

栞里が起きたらどうすんだ。出会い頭に叱りつけようとしたが、

「香里、どうしよう!」

すごい勢いで泣きつかれて飲まれた。

「何よ」

「これ!」

見せられたのはタブレットである。開いている画面はY知恵袋。

ぎくりとしたのは、見慣れたタッチのスケッチがドドンと投稿されていたからだ。眠る赤ん坊と子猫。間違いなく栞里とスピンだ。

お前、何やった⁉　と問い質す暇も惜しくスレッドをスクロールする。

【質問者】皆さん、その節はありがとうございました。おかげさまで子猫は我が家の家族になりました。子供とも仲良しです。お礼にスケッチなどご覧ください。

【回答者】ウマッ！

【回答者】解決して良かったです！　絵、上手ですね！

【回答者】つか、これ素人ではないのでは……

【回答者】プロか。イラストレーター？　漫画家？

【回答者】お礼にスケッチと思える強メンタル。あり得る。

【回答者】既婚、子供が生まれたばかり、男……少女漫画は除外？

そこから素性を当てる流れになっている。やばいやばいやばい。

ざっとたどるが、ツクダケイスケの名前は上がっていなかった。クロッキー風のラフスケッチなので特定は難しかったらしい。ツクダケイスケ名義でSNSをやっていなかったのも幸いした。落書きなどを日常的にアップしていたらたちまち身バレしていただろう。

「お礼にスケッチなどご覧ください、じゃねえわ！」

べしっと啓介の頭を張り倒す。

「お礼したいと思っただけなのに……」

「絵だけは人並外れて上手いって自覚を持て！」

「どうしよう、削除したほうがいいのかな。まだ名前出てないし」

消すべきか消さざるべきか。ここが炎上対策の肝だ。他人だ、他人になれ、自分事だと考えるな、無責任な第三者としてフラットな判断をしろ。

「……消さないほうがいい」

自分事だと不安が先走りそうになるのをこらえて搾り出すように決断。消したらそれこそ図星だと特定が盛り上がる可能性が高い。もしツクダケイスケの名前が出ても、数ある候補の一つとして流れるだろう。

「このスレッド二度と触るな。あと、ツクダケイスケのオフィシャルＳＮＳは一生禁止ね」

「あ、それはしない。恐い」

対人スキルの欠如した豆腐メンタルなので、何よりまず同業者とネット上でやり取りするのが恐いのであった。空気を読めずに気まずくなる自覚がある辺りは意識が高いと言える。ＳＮＳのアカウントはＫ＠ロム専用の名義で統一して鍵をかけ、更に一度も発信したことがない。

故にネットの間合いが読めない。Ｙ知恵袋で質問スレッドを立てたのはよっぽど切羽詰まっていたのだろうが、釣りかのような発言を頻発したり、あまつさえ自分の素性が割れかねない絵を投稿したりする。

二階の掃除を終えてリビングに下りると、啓介は赤ちゃん布団の隣でダンゴムシになって寝ていた。身バレしそうになった恐怖で疲れたのだろう。

起こすのもかわいそうなので一階の掃除は後にすることにした。洗濯機はまだ仕事中である。

出どころはここかな、とリビング置きのノートを拝見。おそらく尻のほう。

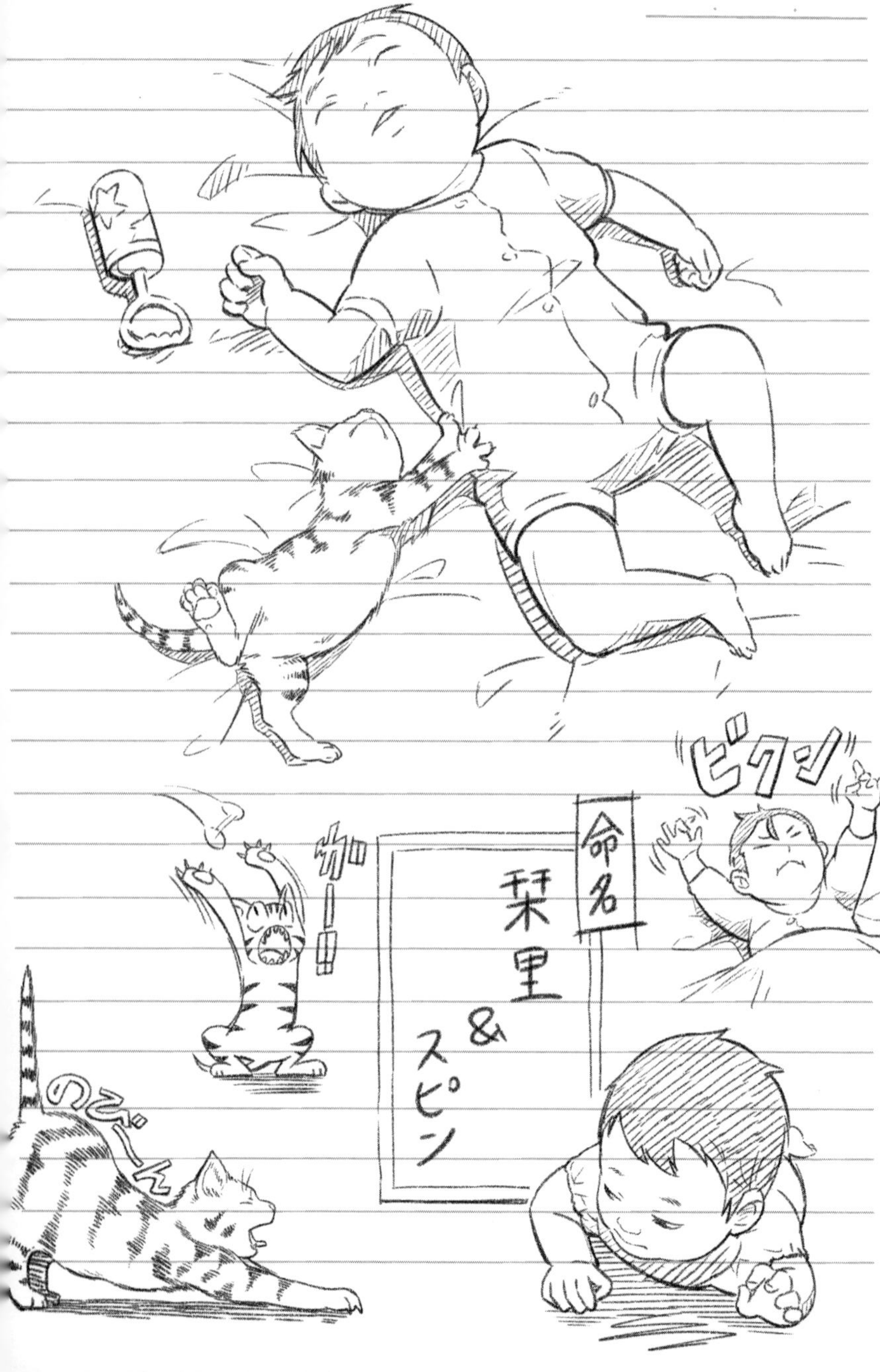
ビクン
命名
栞里
&
スピン
ガー!!
のびーん

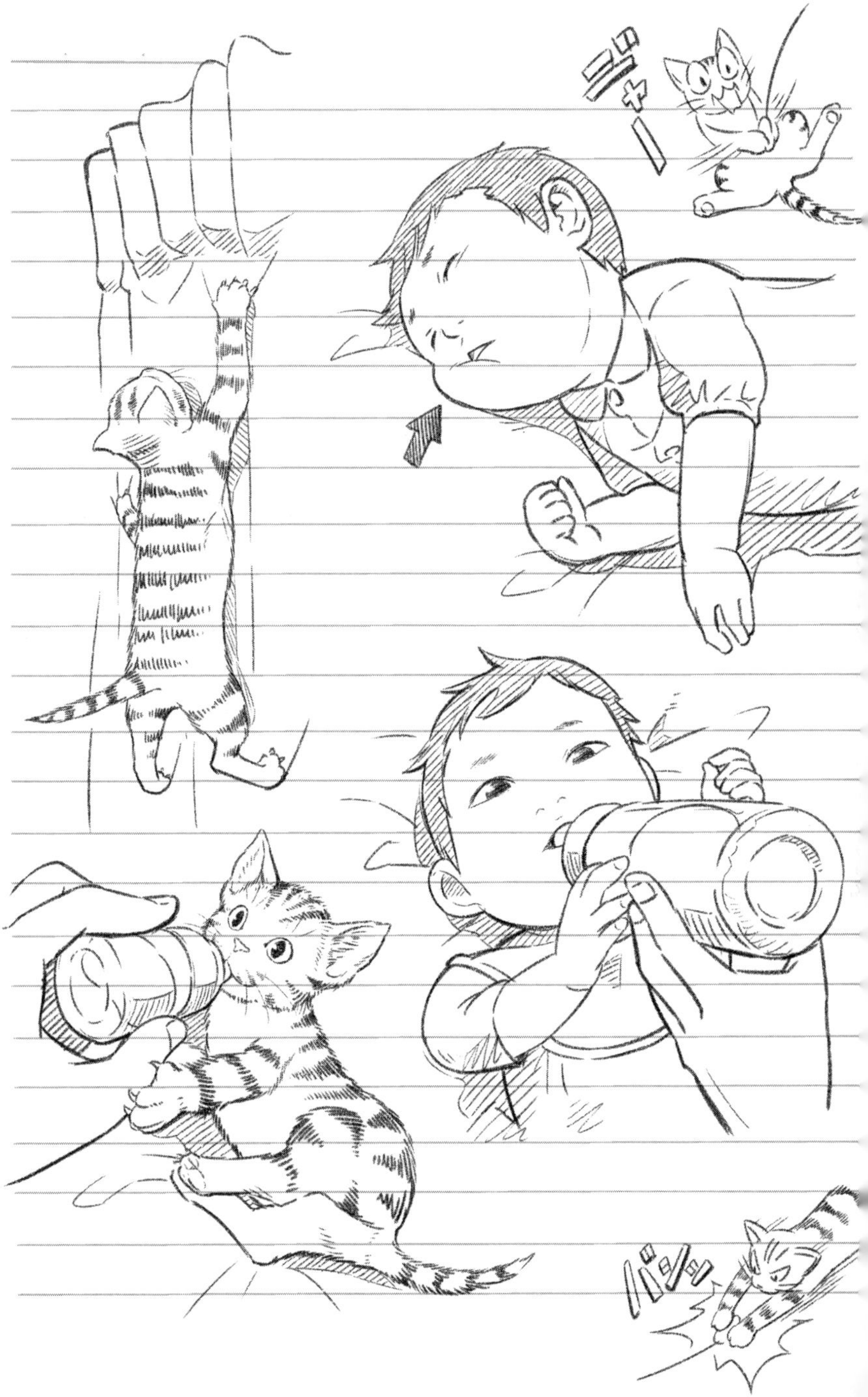

ああ、この人は、親になったんだなぁ。

目頭が何やらむずがゆい。いや、胸か。

栞里とスピンが溢れている。溢れて溢れてもうそろそろ頁が尽きる。

目の端で茶色の毛玉がむくりと起きた。香里のほうへ歩いてきて弓なりに伸びをする。いつも人が見ているところまで来て伸びをする。

チチチと指で呼ぶとトトトと来た。ぷるぷるのうれしっぽ。

「あんたのおかげだねぇ」

その日、ゴミを出しに行ったのが啓介だったので観測されたシュレーディンガーの子猫。一体何という幸せな不確定性原理。

テーブルの上の筆立てからサインペンを取り上げる。ノートの最後に描かれているスケッチに「いいね！」と書き添える。続けてペンが滑った。「大好き！」

あっと思ったがインクなので消せない。いやいや、絵についての評価。

ノートは閉じてそのままにしておいた。数日してから覗くと新しいスケッチがもりもり増えていた。恐いものを覗く気分で自分が書き込んだコメントに遡ると、啓介が自画像で「オレも」と照れていた。いやいや、絵についての評価なので。

時折、香里が見かけた栞里とスピンの様子をメモしておくようになった。何となく交換日記風。メモを残して数日すると、絵にしやすいネタは一コマ漫画風のイラストになっていたりする。

「しっぽもぎゅってどんな風に？」

たまに構図の確認をしてきたりもする。

可愛い。可愛い。愛おしい。可愛い。愛らしい。愛《う》い、愛い、愛い。

愛のラリーで埋まる埋まる埋まる頁。ノートが替わる。一頁目から愛の洪水。

栞里の体重が二倍になった。おむつが新生児用からSサイズになった。首が据わった。笑った。おむつからウンチが漏れて大惨事、泣ける。目がスピンを追って動くような、もう見えてる？今日は明らかに目が合った、見えてる！

ついにレースのカーテンを引き裂いた。爪三本分、上から下までビリーッ。カリカリを食べるようになった。ウンチがお尻から取れずパニックで激走、泣ける。栞里の股を枕に寝る。おむつがクッション？　臭くないのか？

毎日ご機嫌ではない、落ち込むことも追い詰められることもある。赤子に猫に良かれを巡って詰り合いになることも。だがノートには後で笑えることだけを。

いつか、もしも栞里が見たときに、愛されていた証拠しか残さない。

漫画の仕事は短期集中連載が一区切りついた。啓介は新作を構想中。香里は保活を睨んで情報収集中。

スピンは早くも避妊手術を迎えた、まだ一年も経っていない。お腹を切られてこの世の全てに裏切られた顔をして帰ってきた。人間め、二度と信じぬ。だが、小一時間すると忘れてゴロゴロスリスリ。誰かがスピちゃんを酷い目に遭わせたのよ、慰めて慰めて慰めて。

栞里ははいはいをするようになり、ますます目が離せない。本番は動くようになってから、という先輩ママの言葉が沁みる。五分に一度は新しい方法で自殺を試みている。人はプラスチックのスプーンでも死のうと思えば死ねる。

そんなある日のことだった。

「ねえ、相談があるんだけど」

啓介が神妙な顔で切り出した。

「担当さんが『すくすくエブリ！』で描いてみませんかって」

香里の会社で出している育児情報誌だ。このジャンルではかなり老舗誌。

新作の打ち合わせで編集部に行ったとき、今興味のあるテーマはと訊かれて「子供と猫のネタならいくらでもあるんですけどね」と言ったという。啓介は完全に冗談のつもりだったらしいが、真面目な担当編集はメモを取って編集長に相談し、それなら『すくすく』はどうだということになったらしい。

イクメンコミックエッセイという触れ込みに盛大にふいた。

「そうだよねえ、無理だよねえ」

「いや、無理とは思わないよ」

イクメンというリア充風の響きがあまりにも似合っていなくてふいただけだ。

「やってみれば？　ノートのネタ面白いよ」

いつ頃からかイラストだけでなくコマを割って描くようなネタも増えてきたが、切り取り方が上手いのか漫画として面白く読んでいる。読者が香里一人というのは贅沢ながらもったいないと思っていたところだ。

「等身大のコミックエッセイ、けっこう行けるんじゃない？」

タイトルは『シュレーディンガーのパパ』になった。

初めまして。いつもはSFアクションなんかを描いているツクダケイスケと申します。第一話のモノローグはそんなふうに始まっていた。

観測するまで箱の中の猫が生きているか死んでいるか分からないシュレーディンガーの法則、夫がパパとして当たりかハズレかは箱を開けてみるまで分からない——奥さんは観測する前からハズレと思っていたようです。

妊娠が分かったときの離婚待ったなしのやり取りを赤裸々に描き、生まれた子供の顔を見ても親になった実感が持てず、あまつさえ乳離れしていない子猫を拾うという引きで終わった第一回は、読者アンケートの一位を記録したという。

皆さん、あのときは本当にありがとうございました——と締めたY知恵袋回は、まだ残っていたスレッドで「まさかのツクダケイスケ!」と少し盛り上がっていた。

育児雑誌での知名度の低さを懸念して毎回「いつもはSFアクションなんかを描いています」の自己紹介で始まっていたが、やがてSFアクションも描けるエッセイ漫画家、という肩書きに編集部が切り替えた。

好きなところを掘っているうちに鉱脈にぶち当たるタイプの漫画家、今回掘り当てた鉱脈は大ヒットではないものの息が長そうである。日常物の目はあると思っていたが、コミックエッセイもその系譜か。

育児漫画の好評は猫漫画の仕事も呼び寄せ、漫画家とねこというテーマで組まれたTV番組のコーナーに啓介とスピンが登場するという珍事も。自宅に来た撮影スタッフにぜひ奥様と娘さんもと言われたが、このご時世ですので子供の顔は、と固く辞退した。

代わりに既刊を書影つきで紹介してもらい、書店では既刊もけっこう動いたという。

「スピちゃんは招き猫ちゃんだったんでちゅねえ〜」

人にはとても聞かせられない赤ちゃん言葉で啓介がスピンをなでくり回し、終いに猫パンチで横っ面をはたかれた。

「パパはおばかちゃんでちゅねえ〜」

栞里をかまうこちらもすっかり赤ちゃん言葉が板についた。――が、栞里のほうは冷たい顔で母を一瞥。

「でちゅねえなんてあかちゃんよ、ママ」

保活を乗り越え、来年はもう年少さんだ。女の子は口が立つのが早い。それにつけても流れる時の早さよ。

「はじゅかちいわよ」

本人は言えているつもりでまだまだ舌が回っていないところがかわいいのだが、指摘すると火がついたように怒る。それももれなく漫画のネタになっているので、いつか読めるようになったら怒るかもしれない。

あの日、啓介がスピンを拾っていなかったら、ということをときどき思う。今となってはもう考えることも恐ろしいようなもしも。

三ヶ日みかんの箱の中。観測されたのはきょうだいに先立たれて生きていた猫、そして今このようになっている観測者の未来であったかもしれない。

fin.

粉飾決算

父はそれほど猫が好きだったわけではないと思う。

子供たちに猫を飼いたい気運が高まり、新聞の譲りますコーナーに出ていた「子猫譲ります」の投稿で猫をもらったときも、特に関心は示さなかった。

やってきた茶白の子猫は生後二ヶ月という触れ込みの雄だったが、どう見ても触れ込みの三倍は育っているように思われた。

車で猫を連れてきた譲り主は釣りが趣味だそうで、「今度釣った魚を持ってきてやるきにゃ」と猫に別れを告げて去っていったが、その後二度と現れなかった。ちなみに地元の方言は語尾が「にゃあ」となったり「ちゅう」となったり「猫とねずみが喋りゆうような言葉」と自嘲される訛りであった。

譲り主の話によると一度出戻ったらしく、そのせいかやや拗ねたところのある子猫であった。譲り主が去った後、日当たりのいい居間の掃き出し窓の窓際に陣取り、どうせここも仮の宿だというような冷めた顔をしていた。

手を出して引っ掻くようなこともないが、取り立てて売る愛想もない様子で、かわいい盛りの子猫が来るものと思っていた子供たちは率直にがっかりしていた。譲り主に応対した母も内心は引き取るのを少し躊躇したという。

「お母さんも二ヶ月にしてはずいぶん大きいなと思ったがやけど」

*

母は気の弱い人だったので、わざわざ連れてきたのをもう大きいからいりませんとは突っ返せなかったのだろう。

――父にやや公平ではなかった。やってきた薹《とう》の立った子猫を、家族全員さほどかわいいとは思わなかったのである。ただ、父が最も無遠慮だっただけだ。

帰宅した父は猫を一瞥し、母にいきさつを聞いて言い放った。

「これは器量で出戻ってきたにゃあ」

みんな思っていたが言わなかった。父は当時、甘い歌声で人気を博していた男性歌手をTVで観て、確かにこれは顔では出てきてないのうと言い放った。父的には歌が上手いと誉めたつもりなのである。

「連れてきたおやじもえい厄介払いができたと思ったろう」

どこか面白がっているような調子であった。ほっとして帰ったであろうおやじを思い浮かべておかしかったのかもしれない。

「これはうちが突き返したら次の貰い手はつかんろう」

父流の言い回しで置いてやれということであった。茶白の猫は家族の一員になり、模様の虎柄から安易にトラという名前がついた。

どうせならもっとかわいい子猫がよかった、と母も子供たちも内心で思っていたが、父は逆に無頓着だった。もともと動物をかわいがる癖《へき》がない。

何しろ、好きな動物を訊かれたらハイエナと答えるのである。一般的とは言い難い。一体どこがいいのかと訊くと、腰が低いところがいいと言う。

あんなに腰の低い生き物は他におらんろう。人間も見習わなぁいかん。

腰が低いのは気性ではなく骨格の問題である。

シマハイエナよりブチハイエナが貧相で哀愁があってえい。

一般的にはシマもブチも一括りにハイエナだろう。だが、シマハイエナとブチハイエナを両方飼育している隣県の動物園に足繁く通うくらいなのであった。もっともこれもたまたまブームが来ただけの話で、特に動物好きというわけではなかった。自分の中で何かを面白いと思ったら、そのときだけ熱中するのである。そうした自分独自の楽しみを発見するのは上手かった。

勤めていた建設会社が瀬戸大橋の建設に一部携わっていたということで、竣工前後は瀬戸大橋がブームになった。絵はがきやポスターを手当たり次第に買い集め、開通前に瀬戸大橋を歩いて渡る日帰りバスツアーに家族全員分を無断で申し込んだ。家族のほうは何も聞かされず、当日の早朝叩き起こされてバスに乗せられたのだからたまらない。ツアーなので途中で帰りますというわけにもいかず、半ば行軍のようにアスファルトが黒々輝く橋を歩かされた。

こういうとき、母は黙って従うが、女女男の子供たちはそれぞれ反応が違った。長女はこの世にこれ以上の仏頂面があるかという顔のまま、次女は諦めて無表情で黙々と、まだ幼かった長男は疲れて泣き叫ぶのであった。ツアーは半分地点で折り返すものだったが、ほぼ丸一日かかり、幼児をこれだけ歩かせるのは今なら軽めの虐待であろう。

して、父の会社が携わっていた部分は橋のどこかというと、道路から橋までを繋ぐほんの何百メートルかの坂部分なのであった。もっとも、他県の大規模公共工事に一部とはいえ食い込めるのだから、今にして思えばなかなかやり手の会社である。

父の他にも記念だからと軽率にツアーに参加した家族連れはたくさんおり、橋の上は前後左右に見渡す限り大勢の人が歩いていた。帰りのバスでは乗り合わせた全員が疲労で爆睡しており、長女が車の揺れで目を覚ますと、何故か車内TVで映画『ハチ公物語』を上映していた。ハチ公と飼い主が最後どうなったかは知らぬ、次に目を覚ましたときはエンドロールが流れていた。

さて、犬ではなく猫の話である。犬は外飼い猫は放し飼いが当たり前の時代だったので、トラは当時流にかなり雑に飼われた。盛りがついて去勢をするときなど、猫用のキャリーが家にないものだから、段ボールに詰めて蓋を互い違いに閉じ、母の原付の荷台に積んで動物病院へ運んだ。突然段ボールに閉じ込められた猫はといえば当然大パニック、ハンドルがぶれるほど暴れに暴れ、ついに卍に閉じた蓋の真ん中からズボッと天に手を突き出した。あと信号一つ病院が遠かったら、箱を破って逃げ出していたに違いない。猫の運動能力を舐めていた。

段ボール搬送になったのは父が「猫らぁ箱でえい、箱で。すぐそこまで連れていくだけやのにカゴを買うらぁてもったいない」と言ったからだが、さすがに退院の時は母がホームセンターでキャリーを誂えた。獣医に「よくこれで無事に来たねぇ」と呆れ顔をされたのがこたえたらしい。

——お父さんが箱でいいって言うものですから。そうかえ、普通はカゴに入れてくるけどねぇ。

お父さんがケチるからお母さん顔から火が出ちゃった、と母はおかんむりであった。

「それにもし箱を破って逃げ出してたら、トラちゃんが車に轢かれて大怪我したかも」

「まあまあ、無事やったきえいやないか。終わりよければすべてよし」

今だと動物愛護的なアレで四方八方から石が飛んでくる。だが、別に父はトラがかわいくないわけではなかったらしい。

「プリッとしてなかなか愛嬌があるキンタマやったけどにゃあ」

そんなことを言いながら、去勢後のぺちゃんこのタマをつついたりしていた。

そうかと思えば、トラの太いかぎ尻尾を「ギアチェンジギアチェンジ」などと言いながら車のシフトレバーのようにガチャガチャ動かしたり。トラは迷惑そうに一瞥しただけで好きにさせていたので、愛想はないものの鷹揚な猫であった。

鴨居のフックにレジ袋に入ったトラが吊されていたことがある。こういうことをするのは子供ではなく父であった。

「袋の口から顔を突っ込んでふんふん嗅ぎゆうき、入れてみたら案外収まりがよかった。意外と機嫌よう入りゆうき、鴨居に吊しちょいた」

母が見つけて救出するまでニャンともすんとも言わず、吊されたままレジ袋の中で丸くなっていた。忍耐強かったのか、意外と気に入っていたのかは分からない。下ろすとのっそり出てきて何事もなかったかのようによそへ歩いていった。

愛想はないが鷹揚な猫は、十八年生きた。子供たちがみんな独り立ちした家の中を、老いてもなかなか達者にのしのし歩き回っていたが、いつの頃からか大きな段を一つ下りたようにがくりと弱った。

後ろ足が生来強くなかったのか、走っていると後ろ足が絡まって転んでしまうような鈍くさい猫だった。それがよたよたのへっぴり腰になった。階段も一段一段、休み休み。

猫トイレの縁をまたいで入れなくなり、粗相が増えた。トイレをどけて、床にペットシーツを貼ってやったが、勝手が違うのかあまりそこではしたがらない。カーペットや布団にしてしまう。

さすがに掃除が追い着かないので、おむつを着けた。当時は猫用のおむつなど売っていなかったので、母は新生児用のおむつに尻尾の穴を開けて着けてやった。

そして、もう長くないかもしれないと子供たちに電話があった。長女と長男は遠方だったので、休みのときに顔を出すのがせいぜいだったが、日頃はクールな質《たち》だった次女が毎日のように実家に立ち寄るようになった。

父は毎日帰ってくると「生きちゅうか」とトラの顔を覗くようになった。デリカシーがないと母は怒っていたが、そういう言い方しかできない質の父であった。

長女が進学先で阪神淡路大震災に遭ったときのことである。揺れが収まって避難先の公園から下宿に戻った長女は、何はさておき実家に電話をかけた。今まで体験したことのない激しい揺れに、これはてっきり日本が今日沈没するのだと長女は思い込んでおり、郷里もきっと被害が出ているだろうと実家の安否を確かめようとしたのである。

まだ早朝六時を少し回った頃であったか。電話には寝ぼけた様子の母が出て、やや迷惑そうにどうしたのと言った。地震は大丈夫だったかと尋ねると、ピンと来ていない様子。そうか、日本はまだ沈まないのかと納得し、大きい地震があったが自分は無事だと告げて電話を切った。

その後、阪神方面の電話回線はパンクした。

父は「なかなか抜け目がない」と電話してきた長女を誉めた。電話の後、TVで凄まじい被害状況が流れはじめ、実家から下宿に電話してもまったく繋がらなかったのである。

早朝の一報がなかったらなかなか胸が潰れる思いをしただろう、回線がパンクする前に電話をしてきたのは実に抜け目がない、と後々まで折に触れ誉められた。

抜け目がないとはどういう言い草かと長女は膨れていたが、誉め言葉にも一ひねり斜めが入るのが父流であった。普通の親ならうちの娘はしっかりしていると言うだろう。

ちなみに震災後、初めて電話が繋がったときは「なかなか大変なことやったが、生きちょったき後に語り草にもなるろう」と言い放った。思っていても口に出すことではないし、まだトイレの水が出たり出なかったりする下宿で、夜は余震を警戒して靴を履いたまま寝ている娘に向けて言うことでもない。次女は「あれは人の心がない男やき」と論評した。

おむつになったトラは母に一晩抱かれて未明に旅立った。最期は安らかであったという。

人の心がない父は、トラが亡くなったと聞かされたときも「そうか」と頷いただけであった。まあ、よう生きたほうやろう。というようなことを言ったことがあるようなないような。

ハイエナが好きな男やき、猫とか犬とか素直にかわいいもんには興味がないわえ。そう評したのも次女であった。

そんな父であるからして、トラが亡くなったことで様子が変わったりするようなことは欠片《かけら》もなかった。

今で言うペットロスがずっしり来たのは母である。子供が飼いたいと言いつつ結局は母が世話していたし、看取りも何くれとなかった。

猫がいなくなったことは父に特段の影響は与えなかったが、母が落ち込んでいることは父なりに気にかけたらしい。たまたまそのころ定年退職し、嘱託勤務で週三出勤という気ままな身分になったためもあって、父はよく母をドライブに連れ出した。車で出かけるのが好きなので行き先は何やかやと見つけてくる。

そのときはクラゲを掬いに行く途中だったという。地元の郵便局だか地場産センターだかが、家で飼えるクラゲ観察セットなるものを発売した。注文するとプラの水槽入りの生きたクラゲが送られてくるという代物だった。海水を毎日交換してやればしばらく生きます、弱ってきたら海に返してあげてくださいという能書きで、交換用の海水付き。今にして思えばなかなか雑な商品であった。

これに父が飛びついた。家が海の近くで海水を汲みに行きやすかったというのもあっただろう。付属の海水が尽きても毎日せっせと近所の港に海水を汲みに行った。一体どれくらい生きるのかと興味津々で、この好奇心は興味本位でバッタの足をもぐ子供と変わらないので質が悪かった。

クラゲは弱ってくるとあまり泳がなくなり、色も青黒くなってくる。この時点で海に返すのが販売者側の思惑であっただろうが、無邪気にして残酷な子供は限界を見極めたがるのであった。海に返してあげたら、と母が何度促しても聞きゃしねえ。クラゲは最期、水槽の隅で寒天くずのようになって漂うという末路を迎えた。むごいことである。

が、クラゲのブームが来てしまった父は飽きなかった。わざわざ買わなくても防波堤の内側でいくらでも掬える、と網で色つやのいいクラゲをさらってくるのであった。

欲張ってあまり大きいのを掬ったらいかん、狭い水槽やと酸素が足りんのかすぐにへばる、とノウハウまで貯め込んでしまう始末。

罪な商品を作ってくれたねぇ、と母は溜息であった。蚕と一緒よ、と。これは子供たちがまだ小学生のときだったか、蚕を飼って絹のうちわを作る観察セットなるものを買い込んできたことがある。

付属の桑の葉を食べさせて育て、終齢幼虫になったらうちわの骨の上に放して糸を吐かせて絹のうちわが出来上がるという代物だったが、これを考えた奴はあまり脳みそを使って物を考えていなかったに違いない。

うちわの上に放された蚕は、繭を作りたいのだが平たい骨の上で繭を作れるわけもなく、ああでもないこうでもないと試行錯誤して糸を吐き続け、うちわに自分が磔になってしまう。

これは何ぼ何でもむごいのう、などと言いつつ、父は自分では何もしやしないので、母が糸を切って磔から救出し、小箱のまぶしを仕立てて繭を作らせてやったのだった。

一体何が違うのか、蚕に発揮された慈悲はクラゲには発揮されなかった。そんなわけでその日も母はクラゲ掬いに付き合わされていたのである。

田畑の中を貫く道を走っていると、前を行く車たちが次々と徐行になり、対向車線側に大きくはみ出して何かを迂回している。

「どうしたがな、あれは」

怪訝に前方を窺った父より一足先に母が見極めた。

「お父さん、猫がおる！」

道端の藪の中から握りこぶしほどあるかないかの猫が這い出してきており、前の車は全部これを避けていたのである。

父も避けて行くかと思ったら、猫の手前で車を路肩に寄せて駐めた。父が車を降りたので、母も車を降りた。

車を出ると、子猫はとんでもなく大きな声で鳴いていた。ピャアーウ、ピャアーウ、とまるでサイレンのよう。クリーム色がかかったような淡いサビの猫だった。

せめて轢かれないように繁みに戻してやろうと母は子猫を藪に置いたが、子猫は歯向かうようにまた這い出てきた。何度押しやっても出てきてしまう。

「連れて帰ったらどうな。置いていったらこのまま死ぬろう」

ええっ、と母は耳を疑った。今、まさにクラゲを殺生しに行く途中であった。蚕に慈悲、猫に慈悲、クラゲに無慈悲、区別はどこだ。

トラを看取ったとき、もう猫は飼えないと思った。この別れをもう一度という気力はとても。だが、連れて帰るという選択肢を与えられると、人の手に必死ですがりついてくる猫の全力は手放しがたかった。

「トイレらぁもトラのがまだあるろう」

猫用品を処分するといよいよトラの名残がなくなるようで、捨てられずにいた。

結局、その日クラゲの殺生は中止になって、家に子猫がやってきた。

ヒゲ袋の上をノミが走るのが目に見えるほどノミ天国で、獣医でノミの薬を差してもらった。目が開いたばかりの雌だった。検査をされている間じゅう、チビのくせに猛獣のようだった。

近所に住む次女が早速やってきた。よちよち歩きの孫連れだ。

「名前をつけちゃらんといかんね。天ってどう？　かわいくない？」

聞くと、孫の名付けの最終候補に残ったが使わなかった名前だという。婚家の苗字と並べると語呂が悪かったのでやめたが、気に入っていたらしい。

他に案もないので天に決まった。

最初はミルクをやっていたが、まもなく哺乳瓶の乳首を嚙みちぎった。子猫用の缶詰を出すと、これだこれ、何故これを出さなかったと言わんばかりにガツガツ食べた。

県外の長女も猫を見るために旦那をほったらかして戻ってきた。仕事が忙しいといつもは年に一回顔を見せればいいほうだ。

「あんた、日頃はろくに帰ってこんのに」

「いやいや、子猫は期間限定やき見逃すわけにはいかん」

それにしてもどうした風の吹き回しか、と家族でひそひそ話題はやはり父のことだった。猫を拾おうと言い出すような父など、家族全員が解釈違いなのであった。

「トラのこと、ほんとはかわいかったがやろうか」

「それはないろう、死んだときもそうかの一言やったで」

「クラゲはばんばん殺しゆうくせにねぇ」

母としてはとにかくクラゲの殺生を勘弁してほしい一心。が、これを思いがけず猫が解決した。

たまたまクラゲが切れたとき、空になった水槽を部屋に放置していたところ、天がその水槽に収まってご満悦だったことがある。空っぽの乾いた水槽は、猫にとって単なる透明の箱だったのだろう。

「お父さん、天ちゃんが気に入ったみたいよ」

それから天は度々水槽に入り、父は何も言わなかったがクラゲの山椒大夫はやめたようだった。

天が飽きた頃に水槽も片づけたが、そのときも特に文句は言わなかった。

解釈違いの父は、長男が家に立ち寄ったときにうっすら謎が解けた。

お母さんがずいぶん憔悴しちゅうが、あれは新しい猫が来たほうがえいがやないがか。

長男の前でそんなことを呟いたことがあったという。例によって自分が新しい猫をどこからか連れてくるなどということは考えないので、車の前に這い出てきた猫は渡りに船だったのだろう。

かわいい盛りの子猫は何故かやけに父に懐き、父が歩く度に足元にすりすり身体をこすりつけていた。猫の世話など何ひとつしないし、足元にまとわりついて邪魔なときなど軽く足蹴にしているのに、不思議なことであった。

だが、懐かれると人の心がない男にもさすがに情が湧いたらしい。好きな動物はハイエナ、特にブチが良いなどと言っていた父が、天のためにオモチャを買ってきたりするようになった。

天がまた喜んで遊ぶので、出かける度に何か買ってくる。ハズレのときもあるが、それはそれで何故ヒットしなかったのかを考えるのが楽しいようだった。百均で猫が喜びそうな物をハントするという遊びにはまったこともあり、このときは三日に上げずレジ袋一杯に益体もない小間物を買い込んでくるので母がずいぶん困っていた。

車であちこち出かけるのが好きだった父が、ついに車を手放した。

「さすがに老いた。気がついたら車間距離が空いちゅう」

そんなことをこぼしたのは何年前だったか。

昔は追い越し車線を捕まらない程度の速度で飛ばしていたが、追い越し車線を走ること自体がめっきりなくなった。車体を軽くこするのも日常茶飯事になっていたが、民家の壁をけっこうな勢いで削り、長男が「人を轢いたら取り返しがつかん」と半ば取り上げるように車を処分した。

車に乗らなくなると一気に老いた。車がないのでバスか電車でもというような殊勝な性格ではない。出かけないので一日中寝間着でごろごろ、足腰も見る間によぼよぼ。まだ古稀なのにこれほど腰が曲がっているのは、今どき父の他にはまんが日本昔ばなしのおじいさんくらいである。口の悪い次女は「ヘアピンか」と言って母を笑い死にさせるところだった。さすがにヘアピンは言い過ぎだが、前屈でもするのかというくらいには曲がっているのであった。

少しは運動したほうがいい、などと言って聞くような父ではない。車を取り上げるときに随分やり合った長男は「人さえ殺さんかったら好きにさせちょけ」と言う。

お父さんはクラゲが好きだったから寝たきりになる前に山形のクラゲの水族館に連れていってあげたい、と母が子供たちに言い続けたおかげで、長女夫妻が引率を請け負った。

地元から山形への直通便がないので、関西の長女宅に前泊し、翌日旅立つことになった。

空港に両親を迎えに行った長女は、到着ゲートで愕然とした。乗客がすっかり降りても随分と長い時間、両親は現れなかった。五分待ったか十分待ったか。

長女は二人が出てきたとき、自分の両親が出てきたとは思わなかった。

「要介護者とヘルパーが来たと思った。大変そうやなぁって」

大変だったのはこれを引率する自分たちだったという話である。要介護者とヘルパーを連れた道中は、人間が出来た婿のおかげでどうにかこうにか死なさず乗り切った。

しかし、父にとってクラゲのブームはとうに終わったものらしく、肝心の水族館ではそれほど喜ばなかった。甲斐がないこと限りなし。気ままな父らしいことだった。

天はといえば、すっかり大猫になった。子猫の頃に獣医で見せた猛獣の片鱗はすくすく育ち、最早キャリーに入れることさえ不可能である。母は「天ちゃんが病気になったら、お母さんが家でできるだけのことはしてあげるけど、そこまでしか無理だよ」と言い聞かせている。最後に獣医に連れていったのは何年前か、獣医が露骨に嫌な顔をしたという。獣医もスタッフも血を見ずには終わらないからだ。

今にして思えばトラは温厚で出来た猫だった、とにわかに前の猫の株が上がった。

蝶よ花よと育てたはずがどうしてこんな凶暴な猫になったのか。遠方に住む長女などはたまに帰るとそばを通っただけで爪が飛んでくる。ソファで昼寝していたら喉笛を狙って飛びかかってきたというので完全に殺しに来ている。

見るに見かねた母が「これが大好物だからあげてみたら」と長女に出させた高級猫缶は、結局口もつけなかった。お前の手を介したものなど食わぬ。

「動物は人を見るきにゃあ」

などと嬉しそうに憎まれ口を叩く父は、相変わらず天に懐かれているのであった。

ついに二階に上がるのも億劫になって居間と続きの仏間に下ろしたベッドは完全に巣になっていて、食事とトイレのとき以外はみの虫だ。天は父が起き出した途端にどこにいてもすっ飛んできて、よぼよぼ歩く足にまとわりつく。相変わらず軽く足蹴にされているのに、愛は尽きる気配を見せない。

「この猫は人を見る目がない」

長女はぷりぷりしていたが負け惜しみだ。

「取り柄は顔だけや」

確かに顔は相当に美人だ。子猫のときからかわいかった。

「お父さんが連れて帰ってくれたのを覚えちゅうがかもしれんよ。なかなか賢いき」

警戒心の強さは賢さでもある。

天につれなくされ続けた長女は、ついに自分も猫を飼いはじめた。天とは顔の系統が違うが、こちらもなかなか愛くるしい。

「お父さん、うちの猫もかわいいで」

帰ってきた長女がスマホのカメラロールを見せようとしたら、父は鼻で笑った。

「この世にかわいくない猫はおらん」

はい⁉　と家族全員が呆気に取られた。お前が言うのか。解釈違いもここに極まれりである。まかり間違ってもこんな甘ったるい猫好きのようなことを口に出す父ではなかった。とはいえ、足元が邪魔だったら軽く足蹴にするのは変わらないのだが。

よぼよぼ、すりすり。よぼよぼ、すりすり。よぼよぼ、すりすり。ジジイと猫のコンビは百年一日で永遠に続くかのようだった。


土地柄のせいもあって大酒飲み、かつヘビースモーカーでもあった父は、死ぬとしたら肝硬変か肺ガンかどっちかだと言われていたが、両方来た。

酒量が減ったな、煙草で少しむせるようになったな、とはみんな思っていたが、具合が悪そうなことは全くなく、よぼよぼ低め安定だったので、自然な老化現象と捉えていた。

むしろ萎えた足腰のほうが家族的には大問題だった。一度は寝たきりで起き上がれなくなって入院した。

美人のスタッフになだめすかされリハビリしているうちにゆるゆる起き上がれるようになり、またよぼよぼと歩くようになった。リハビリセンターでは奇跡の復活と言われた。

その美人のスタッフに健康診断を勧められて発覚した。どちらも末期で手の施しようがなく、どうして生きているのか不思議ですと言われた。

手の施しようがないのなら入院させるのもかわいそうだということになった。そうでなくとも勝手気ままな自由人だし、規則が多い入院のストレスのほうが寿命を縮めるかもしれない。

本人には告知せず、在宅看護で看取ることになった。

浴びるように飲み、薪をくべるように吸う人生だったので、来るべきときが来たかという感じもあった。

母の看取りは何くれとなかった。最初の猫を看取ったときのように手厚かった。そのためか、体調の穏やかな日が続いた。独身主義の長男が実家に戻り、手助けしてくれたことも大きい。

寝たり起きたり、寝たり寝たり寝たり起きたり。そんなふうに日を過ごしているうちに、少しボケた。飯はまだか、もう食べたでしょお父さん、のやり取りが始まった。満腹を感じる機能が衰えたのか、とにかく空腹を訴えるようになった。

台所から何やら物音がするので母が様子を見に行くと、決まって抽斗を漁っている。発掘したお菓子を抱えて嬉しそうに寝床へ帰っていくのだが、抱えたお菓子の中には天の猫おやつなども混じっていたりするので困った。ちゅーるちゅーるジジちゅーる。

お父さん、それは天ちゃんのやき、と取り上げ、お茶を淹れて人間用のお菓子で夜中のお茶会が開かれることも度々であった。父が開けてしまった猫おやつが天に下げ渡されることも。意識を失う前日まで、母に支えられながらではあるが昼間はトイレに行っていた。よぼよぼと歩く足元に天がまとわりつき、軽く足蹴にすることも変わらなかった。

よぼよぼ低め安定のまま、百年一日が続くのではないかとさえ思われたが、痛みが出はじめるとさっさと店じまいした。痛い苦しいが全く我慢できない質で、歯医者をサボり続けて還暦前に歯が一本もなくなったほどであった。

痛み止めをマラソンしているうちに意識を失い、そのまま逝った。長女夫妻が駆けつけるのも待たなかった。

我慢の利かん人生やったねぇ、と間に合わなかった長女が言った。

遺体は二日ほど火葬場の空きを待って自宅にそのまま安置したが、まるでずっと眠っているかのようだった。エアコンとドライアイスで部屋がキンキンに冷たいこと以外はあまり変わらない。

格式ばったことが嫌いな父だったので、葬儀は密葬。巣にしていた仏間から出て、骨になって仏間に戻った。

使っていた介護用ベッドは、火葬の間に引き取りの業者が来てくれた。代わりに簡単な祭壇を設え、遺影と骨壺が収まった。

留守番していた天がいつのまにか姿を現した。

分かっているのかいないのか、祭壇をじっと見つめて、ふいと去った。

一年ほどが経った。

看取るまでと言っていた長男は結局そのまま実家に残り、母と息子と猫の日々が始まった。

息子が同居してくれたせいか、母はがっくり来ることもなく元気に暮らしている。

長男が無口なので、話し相手は娘たちだ。遠方の長女のところにもよく電話がかかってくる。

季節が良くなったら神戸の動物園にマヌルネコを見に行きたいと意気盛んだ。何年か前にNHKの動物ドキュメンタリーを観て惚れ込んだらしく、世間で話題になる前から好きだった。

新聞の切り抜きなどを大事にテーブルマットに挟んであり、父のことがなければとっくに長女の家をホテル代わりに見に行っていたはずだ。

「そういえば恐ろしい猫は元気かえ」

長女は決して自分に懐かず喉笛を狙ってくる天を恐ろしい猫と呼ぶ。

「これでなかなかかわいいところもあるがで」

母はいつもそう弁護して、どこの猫でもするような仕草を自慢する。

「そういえばねえ」

その日は新しいネタが出た。冬なので、エアコンの熱が逃げないように仏間と居間を隔てる襖を閉めるようになった。父が生きているときは開けっぱなしで一間のように使っていた。

「襖が閉まっちゅうと、天ちゃんが開けろ開けろって引っ掻くがよ」

開けてやると、父のベッドがあった辺りに歩いていき、しばらく座っているという。

先立たれても愛は尽きないらしい。

「お父さんに懐いちょったきねえ。もしかすると天が一番偲びゆうがやない?」

人間の家族は来るべきものが来たと受け止めていたので、葬儀で一頻り泣いた後の切り替えは早かった。

「しかし人を見る目がない猫やねぇ、お父さんはごはん一つ出したことないろう」

「そりゃあもう猫の世話なんか何一つせんかったわね。でも不思議と天はお父さんのことが好きやったねぇ」

勝手気ままに生きて、人に説明しにくいような不規則言動も多い父だった。あまりにも自由が過ぎて、非常識だと思われかねないようなことも、実際思われることも多々あった。通りすがりの人に怒られても馬耳東風。

長女が父の話をすると、女友達には決まって言われた。人のお父さんやったらおもしろいけど、自分のお父さんやったら絶対イヤ。

しかし、一匹の猫にこれほど一途に慕われたのだから、いいお父さんか悪いお父さんかで言うと、いいお父さん寄りにしておいてもいいのではないか。

それほど猫が好きだったわけでもないはずだが、晩年は「この世にかわいくない猫はおらん」と家族驚きの不規則発言も飛び出した。

クラゲに無慈悲、猫に慈悲。差し引きプラスかマイナスか。

変わり者ではありますが、困ったところもありますが、猫には好かれるいい父でした、ということにしておこう。

fin.

みとりねこ

＊

食卓の上には醤油を差した小皿が載っていた。

飯粒が二つ三つこぼれている。朝食の使い残りだろう。だが、量は充分。

そして、食卓には小花の散ったテーブルクロスが敷かれている。柄が小花なのでこちらも余白は充分。

桜庭浩太《さくらばこうた》はいそいそと小皿の醤油に手のひらをつけた。小花と小花の隙間にたっぷりと醤油をつけた手をぐぅっと下ろす。

しばらく押しつけてそぅっと手を持ち上げると、淡いブルーの地に醤油色の梅の花が咲いた。

これはなかなか上手にできた。

ほれぼれと自分の拇印を見つめ、浩太はまた小皿の醤油に手のひらをつけた。

二つ。三つ。ブルーの地に醤油色の梅の花が増えていく。

今日はなかなか調子がいい。

四つ、五つと数を増やそうとしたときである。

「浩美《ひろみ》、だめっ！」

お母さんが強くたしなめる声がした。しまった見つかった、と耳がピッと後ろに寝る。

そして、

「俺、何かした？」

廊下から怪訝そうにリビングを覗いたのは浩美。桜庭家の次男坊だ。

そして、浩太は桜庭家の三男猫――ということになっているが、浩太としては浩太が次男猫で浩美が三男坊だと思っている。

お母さんはあらっと浩美のほうを振り向いて、けらけら笑い出した。

「ごめんごめん、また間違えちゃった。浩太よ、浩太。また画伯になってたの」

浩太が拇印を押すことを桜庭家の家族は「画伯になる」という。絵を描いているわけではないのに、浩太としては解せないネーミングだ。

「またかよ、お前」

浩美がやってきて浩太のおでこをピンと弾いた。

「勘弁してほしいわ、うちのテーブルクロスは必ず浩太の足跡がついちゃうんだから」

そうこぼしながらお母さんが浩太を捕まえ、醤油にまみれた右の手のひらを台布巾でぐいぐい拭った。冷たい湿り気が気に入らず、浩太は手のひらをぺろぺろ舐めた。

「俺的にはお母さんも勘弁してほしいんだけど。完全に濡れ衣じゃん、俺」

「ついうっかりしちゃうのよ。昌浩《まさひろ》のことは間違えないのにねぇ」

お母さんが呼び間違えるのは決まって浩美と浩太だ。兄の昌浩を浩太と呼ばわったことはない。

「まあ、末っ子がペットと名前を呼び間違えられるのは宿命みたいなものらしいけど」

「あら、そうなの？」

「ｂｙ俺調べ。高校のとき、友達とそんな話になってさ。呼び間違えられたことがあるって奴、末っ子ばっかりだったんだよね」

お母さんは台布巾でテーブルクロスに残った浩太の拇印を拭いながら「へぇ」と生返事だ。

「うちは昌浩が結婚して家を出てるからっていうのもあるんじゃない？　呼び間違えるとしたら浩美しかいないから……」

「何言ってんの」

浩美が苦笑しながら突っ込んだ。

「子供の頃からずっとじゃん、俺と浩太を間違えるの」

お母さんは笑ってごまかした。そして、「洗わなきゃ駄目だわ」とテーブルクロスを拭くのを諦めた。

「どうして浩太はこんなイタズラを覚えちゃったのかしらねぇ」

お母さんの言い草に、浩太は鼻の頭にシワを寄せた。イタズラなんかじゃありませんよ、予行演習ですよ。

来たるべきときに備えて、浩太は拇印の腕前を上げておかなくてはならないのである。

＊

覚えている一番古い記憶は、ただひたすらに寒かったということである。

二十年前の梅雨の時期、何かの拍子でふと母猫に置いて行かれた。

まだ目もろくに開かない頃で、母猫の温もりを探して寝床を這い出て力尽き、しとしと冷たい雨に打たれていた。

ふつうなら命を落とすしかなかったところを拾ってくれたのが桜庭家のお父さんである。

桜庭家には先住の猫がいた。生まれつき目の虹彩に異常があり、ペットショップで処分されるはずだったペルシャ猫だ。それも引き取ってきたのはお父さんで、つまりは行き会ってしまったそうした動物を見過ごすことができない質らしい。

だからあなたはとても運が良かったのよ、とダイアナという名前のペルシャは言った。母猫を恋しがる子猫におなかを吸わせてくれながら。ミルクならお父さんが不器用な手付きでこまめに飲ませてくれていたが、毛足の長い温かいものを吸いたいという欲求は哺乳瓶では満たされない。

「ぼくもミルクやる！」

駄々を捏ねていたのは長男の昌浩だ。もうすぐ弟が生まれるのでお兄ちゃんになるとダイアナが教えてくれた。

身籠もったお母さんは入院中だという。

「駄目だよ、難しいんだから」

実際、一度だけ昌浩がミルクをくれたときは、哺乳瓶をぐいぐい口に押し込むので喉がおえっとなってしまった。

お父さんが会社に行っている間は、近所に住んでいるお母さんの主婦友達に世話を頼んだようだ。

やがて、三時間おきだったミルクが五時間おきになり、一日三回になり、そうなる途中で目も開いた。

桜庭家にお母さんと次男坊が帰ってきたのはその頃だ。

「うわぁ、サルみたい！　変な顔！」

幼稚園から帰ってきてそう叫んだ昌浩はお母さんにぺしんと引っぱたかれていたが、ダイアナは昌浩の感想がもっともだと軍配を上げていた。もっとも、昌浩も生まれたての頃はサルみたいだったけどね、と付け足して笑った。

お母さんはといえば、自分が不在の間にお父さんが拾った子猫が楽しみで仕方なかったらしい。次男坊を寝かしつけるなりやってきて、「まあ！」と歓声を上げた。

「きれいなサバトラね！」

自分の毛色はサバトラというのだとそのとき初めて知った。

「名前はもう決めたの？」

お父さんは歯切れ悪く「いや、まだ」と答えた。

「あら、拾って二週間も経つんでしょう？」

「うちで飼うかどうか分からなかったし、名前をつけちゃうと情が移るだろ」

お父さんは子猫を飼うかどうかお母さんが帰ってきてから決めるつもりだったが、お母さんは「うちで飼えばいいじゃない」と迷う素振りもなかった。

「子猫もダイアナに懐いてるみたいだし。ダイアナは優しいもの、ねえ？」

するとダイアナは誇らしげに胸を反らした。

「名前、どうしようかしらねぇ」

「その前に子供の名前を決めないと」

人間は名付けを役所に届ける期限が二週間と決まっているらしく、お父さんとお母さんは次男坊の名前についてたくさん相談した。お兄ちゃんの名前が昌浩だったので浩の字をお揃いにすることだけが決まっていて、浩のついた名前の候補がいくつも挙がった。

お父さんが決めていた名前は浩美で、お母さんが迷いに迷って選んだ名前は浩太だった。二人とも一歩も譲らず、最後はじゃんけんになって、お父さんが勝った。

お母さんはとても残念そうだった。

「浩美ねえ。浩美も悪くないけど女の子に間違われそうな名前じゃない？　やっぱり浩太のほうが……」

「文句言うな、厳正なるじゃんけんの結果だぞ。そんなに浩太が気に入ってるなら子猫の名前にしたらいいじゃないか」

——浩太という名前がついたいきさつである。


浩美という名前がついた次男坊のほうは、浩太が走り回れるようになってもまだ寝返りひとつ打てなかった。おくるみの中で手足をもぞもぞするくらいだ。

大丈夫なのかな、あいつ。ちゃんと育つのかな。

浩太が心配すると、ダイアナは大丈夫だと請け合った。

昌浩も生まれた頃はあんなだったのよ。人間は猫よりも育つのに時間がかかるの。

とは言ってもこれはあんまり時間がかかりすぎるのではないだろうか。芋虫みたいにもぞもぞするばかりの浩美を、浩太はしょっちゅう覗きに行った。

今日はもう立つだろうかと枕元を窺うと、やっぱり今日もまだ芋虫。延々そんな毎日だった。

早く立てよ、お母さんに捨てられちゃったらどうするんだよ。——浩太がふと母猫に置いて行かれたのは、浩太がなかなか立てない弱い子猫だったからだ。

やきもきしながら浩美の寝顔を窺っていたある日、浩美の目がぽかりと開いた。見えているのかいないのか、今までいつもぼんやりしていた黒目がはっきり焦点を結んだ。そして笑った。

きゃっきゃと機嫌のいい声に、お母さんがやってきて泡を食った。

「だめだめ、かじったりしないでちょうだいよ」

失敬な、と浩美の枕元を立ち去ろうとすると、浩美は火が点いたように泣き出した。

「あら、浩太と一緒がいいの？」

そしてお母さんは浩太に向かって手を合わせた。

「ごめんね、仲良くしてくれてたのね」

分かればいいよ、お母さんだから大目に見ましょう——浩太が浩美の枕元に座り直すと、途端に浩美は機嫌を直してにこにこした。

「よかったねえ。浩太、一緒にいてくれるって」

お母さんはとろけるような笑顔になって浩美のぷくぷくのほっぺたをつつき、次に浩太の喉を搔いた。——なるほど。

お母さんの笑顔からして、芋虫でも当分捨てられることはないらしい。

よかったな、と浩太はミルクの香りのする浩美のおでこをぺろぺろ舐めてやった。すると浩美はきゃっきゃとまたご機嫌な笑い声を立てた。

浩太が毎日添い寝をしてやるうちに、浩美は寝返りを打ってころころ転がるようになり、這うようになり、二本の足で立ち上がってよたよた歩きはじめたかと思ったら、暴走族のように家中を走り回るようになった。

それでもしょっちゅう転んだりぶつかったりするので、運動能力はまだまだ半人前だ。一方、浩太のほうはすっかり一人前の成猫である。

本当に人間は育つのが遅いんだねぇ。

浩太が呆れると、ダイアナもそうでしょうと相槌を打った。

昌浩の年になるまでに猫なら五回はおとなになれるわ。

浩太が子猫の頃は昌浩でも随分大きく見えたものだが、今となってはひよっことしか思えない。

「家の中にギャングが二人ね」

お母さんがこぼすようになったのは、浩美が幼稚園に入って昌浩が小学校に上がった頃だ。

家中の襖がびりびりに破かれて、いくら貼り替えてもきりがないのでお母さんはとうとう襖をぼろぼろのままで放っておくようになってしまった。

昌浩は家族からお兄ちゃんと呼ばれることが増えた。だが、「お兄ちゃんなんだから我慢してちょうだい」とたしなめられることも多いので、お兄ちゃんなんかイヤだと膨れっ面をすることもしょっちゅうだ。

「浩美はお兄ちゃんなんだからって言われないからずるい！」

昌浩の抗議にお父さんとお母さんは正当性を認めたらしい。

「じゃあ浩美にもお兄ちゃんになってもらいましょう」

お母さんの提案に昌浩は「浩美には弟がいないじゃないか」とまだ膨れていたが、お母さんは「浩太がいるでしょう」とすまして答えた。

おいおい、ちょっと待ってよ。泡を食ったのは浩太である。

どう考えてもお兄ちゃんはぼくのほうでしょう。生まれたのもぼくが先だし、そもそもぼくはもうおとなですよ——などと抗議したところで人間に猫の言葉は通じない。

「浩美、浩太のお兄ちゃんになれるわよね」

「なれる！」

なれないよ！ ——という抗議もガン無視だ。

諦めなさいな、人間は自分たちの言葉しか分からないのよ——とダイアナはころころ笑った。

「じゃあ、浩太のお手本になるようなお兄ちゃんにならないとな」

お父さんの言い草に浩太は顔をしかめた。歩き方に走り方、ジャンプや身のこなし一つに至るまで、浩美みたいなひよっこから教わることなんかあるものか。

「二人とも、ごはんの前にお片付けしてね。お兄ちゃんでしょう」

はぁい、とひよっこ二人はいつもよりもいい子のお返事で部屋中に散らかしたオモチャや絵本を片付けはじめた。

こうして浩太が三男猫という序列が決まってしまったが、間尺に合わないことこのうえない。

＊

今でこそ図体も大きくなったけどね、と浩太は昼前に起き出してきた浩美を見上げた。

今となってはお父さんよりも、結婚して家を出た昌浩よりも背が高い。

お母さんにおはようと挨拶した浩美は、すかさず「早くないわよ」と逆襲されて首をすくめた。

大学生という職業は時間が随分のんびりらしい。

浩美は通りすがりに浩太の頭をぐりぐりなでて冷蔵庫に向かい、取り出した紙パックの牛乳をそのまま呷った。

「やだ、直に飲まないでちょうだいよ」

「飲み切っちゃうから」

宣言どおり牛乳を飲み干した浩美は、空になったパックを流しですすいでつぶし、資源ゴミ用のゴミ箱に入れた。

おっと、背中ががら空き。

浩太はくつろいでいたソファから飛び出し、浩美の背中を駆け登った。

「いってぇ！」

浩美が派手な悲鳴を上げたときには既に肩まで到達している。

「背中に爪刺さったぞ、浩太！」

爪を立てなきゃ登れないじゃないか、何言ってるの？

浩美の両肩を踏みしめて眼下を見下ろすと、テーブルで郵便を仕分けていたお母さんがこちらを見上げてころころ笑った。

「一日一登りしないと気が済まないのねぇ」

「浩太、これも小さい頃からの癖だよね。昔は親父に登ってたけど」

おやおや、認識に大きく誤りがありますよ。浩太は呆れて浩美のつむじに手を突いた。

小さい頃というのはあくまで浩美と昌浩が小さい頃であって、浩太の小さい頃ではない。浩太はお父さんに登っていた時分からもうおとなだった。

「何がきっかけでこんな癖がついちゃったのかしらね」

「ダイアナはこんなことしなかったし、お姉さん猫の真似したってわけでもないよね」

自覚的にやっているので癖と言われるのは心外だが、きっかけを作ったのは浩美自身だ（それと昌浩）。

そんなことも忘れてしまっているなんて、図体だけはでかくなってもまだまだ頼りないお子様だ。

勝手に三男猫という序列にされて、くさくさしていた頃である。

桜庭家の子供たちはお父さんに肩車をしてもらうのがブームで、お父さんが休みの日にいつも肩車をせがんでいた。

二人が肩車に飽きることはなく、しかしお父さんは一人しかおらず、やがて疲れたお父さんがギブアップすると駄々を捏ねる。

肩車の大騒ぎを見ていてルールは見えた。お父さんの頭に乗せてもらった者がえらい。

何故ならお父さんに担いでもらったら自分が一番高くなるからだ。

だとすれば、お父さんに乗せてもらうのじゃなくて自力で乗った者が一番えらい。

狙い澄まして浩太はお父さんの背中を駆け登った。お父さんに盛大な悲鳴を上げさせながら、お父さんのつむじをしっかと踏みしめ、浩太は子供たちの尊敬を勝ち得た。

その後、昌浩の背がぐいぐい伸び出してお父さんを追い抜いたので、今度は昌浩に登るようになった。——ぼくが一番高いぞ、えらいぞ、三男猫なんて冗談じゃないぞ。

それから何年かすると、今度は浩美が昌浩を追い抜いたので登る背中をまた変えた。一番背の高い家族に登るというルールがやっと見えたのか、昌浩は浩太の登る背中が浩美に変わったことを随分悔しがっていた。

「おい、そろそろ降りろよ。重いよ」

浩美が抱えて下ろそうとしたので、そうは行くかいと飛び下りた。ひとっ飛びで華麗な着地を決める。

すごいすごい、とお母さんがぱちぱち拍手した。

「今年二十歳の猫なんて思えない身のこなしよね、毛並みもぴかぴかだし」

「そうそう。この前ワクチン打ちに行ったとき、待合室のお客さんにびっくりされたよ。こんなふかふかの猫が二十歳なんて！　って」

そうでしょうとも。浩太は大いに胸を張った。おかげさまで老いる気配は微塵もない。

そろそろしっぽが二叉に分かれる兆候が見えてきてもおかしくなさそうだ。

「お昼はどうするの、学校で食べる？」

「食べていく」

「おうどんでいい？」

「何でもいいよ」

お母さんが台所に立ったのと入れ替わりに浩美が椅子に座った。テーブルの上に置いてあった新聞をめくりはじめる。

どれ、と浩太もテーブルに飛び乗った。浩美の視線の先を辿り、新聞の上にどっかと座り込む。

新聞なんかよりぼくを見たらいかが？　そんな細かい字よりもきれいなグレーのサバトラ柄のほうが目に優しいよ。ぴかぴかでふかふかの毛並みも触り放題ですよ。

「何で読んでるところに乗るんだよ！」

「そういうところはダイアナも一緒だったわね」

懐かしそうに笑うお母さんの手元からは包丁のリズミカルな音が聞こえてくる。かすかに漂うにおいからすると、おうどんに載せるネギを刻んでいるらしい。猫としてはあまり心そそる食材ではない。

猫が食べると病気になっちゃうのよ、と教えてくれたのはダイアナだった。

やがてお出汁のおいしいにおいが香り、お母さんが丼を二つ載せたお盆を持ってきた。

「はい、お待たせ」

お母さんが浩美の前と自分の席に丼を置く。

それまで繰り広げていた新聞上の攻防を中断し、浩太は浩美の膝に降りた。ごろんと丸くなると、浩美は当たり前のように左手を浩太の背中に添えて支えた。

「それも変な癖がぶり返しちゃったわね」

お母さんが苦笑する。

何を仰る、と浩太としては不本意だ。最初に浩美のごはんに付き添ってやってくれって言ったのはお母さんでしょう。

浩美がやっと食べ物を噛めるようになった頃である。小さな椅子に座ってごはんを食べる練習が始まったが、浩美は座っていることにすぐ飽きて逃げ出してしまうことがしょっちゅうで、業を煮やしたお母さんが浩太を付き添いにつけたのだ。

ほら、浩太も一緒にいてくれるって。だからいい子でごはん食べようね。

人選ならぬ猫選は確かだった。赤ん坊の頃からたくさん添い寝をしてやったので、浩美は浩太にとてもよく懐いていた。

お座りに飽きるとお母さんがごはんを中断して浩太を触らせてやり、ようやく浩美は椅子から逃亡しなくなった。

一人でごはんも食べられないなんてね、と呆れることしきりだったが、こんなにも懐かれたら家族として一肌脱がないわけにはいかない。それからずっと浩美のごはんには付き添ってやっていた。

浩美がちゃぶ台ではなくテーブルでごはんを食べられるようになった頃、付き添いは何となくおしまいになった。だが、よく考えてみればテーブルのごはんでも付き添いができないわけではないと気づき、近年になって業務を復活させたのである。

「食べにくいでしょう」

「まあ別にいいよ、食べられないわけじゃないからね。浩太も年取って寂しんぼになったのかもしれないし」

言ってろよ、ぼくがいないとごはんを食べられなかったのはそっちのくせに。

「でも片手じゃお行儀悪いし。何か考えないといけないわねぇ」

毎度そう言いながら、お母さんから抜本的な対策はまだ出てこない。浩美は今日も右手だけでごはんを食べて、食べ終わって右手が空くと浩太の喉をくすぐった。

そうそう、そこそこ、もうちょっと右。

「じゃあそろそろ行こうかな」

浩美が浩太を膝から下ろして席を立つと、お母さんが「ちょっと待って」と呼び止めた。

「これ、浩美の分」

渡したのはごはんを作る前に仕分けていた郵便だ。

「最近多いのね、郵便」

「就職セミナーとかいろいろ申し込んでるからね」

受け取った浩美が、最初のハガキを裏に返して顔をしかめた。

「これ要らないよ。エステの勧誘じゃん」

「あら、また浩美ちゃんと勘違いされちゃったのね」

お母さんが最初に懸念したとおり、浩美の名前は女の子に間違われやすい。

「成人式のときは振袖のダイレクトメールが来たしねぇ」

「どうせ名簿業者だろうけどさ、性別くらいはちゃんと把握しとけよなぁ」

こぼした浩美が「捨てといて」とお母さんにハガキを返す。

「あらっ、割引券ついてる。お母さん、これ使っていい？」

「どうぞどうぞ。存分にシワでも何でも引っ張ってもらって」

「減るかしら、シワ」

お母さんは真面目な顔で両方のほっぺたを左右に引っ張った。

「浩美っていい名前だと思うけどさ、こういう間違いだけは如何《いかん》ともしがたいよなぁ」

こぼした浩美に、お母さんはほっぺたを引っ張るのをやめて微笑んだ。

「いい名前だと思う？」

「まあね」

「じゃあ、それ今度お父さんに言ってあげて」

そうだね、言ってあげたほうがいいね。浩太も内心で一緒に頷いた。

浩美は決まり悪そうに笑い、「そのうちね」と答えてリビングを出て行った。

＊

「浩美なんて名前やだ！」

浩美が駄々を捏ねるようになったのは小学校に上がった頃だ。

初めて出席を取ったとき、担任の先生が浩美の名前を女の子と間違えたらしい。

桜庭浩美ちゃん、と呼ばわった後のフォローがまたまずかったという。

あらいけない。まるで女の子みたいにまつげが長くてかわいいから間違えちゃった。

一発でクラス中から「浩美ちゃん」とからかわれることになり、浩美の自尊心は深く傷ついたというわけだ。

だが、それより深く傷ついていたのはお父さんの心である。

「浩美なんて名前だいきらい！」

浩美が癇癪を起こすたびに、お父さんは泣きそうな顔になっていた。次男坊が生まれたとき、厳正なるじゃんけんで決まった「浩美」は、お父さんが決めた名前だ。

「そんなこと言うなよ、いい名前なんだぞ。お母さんの字も入ってるんだから」

お母さんの名前は明美《あけみ》だ。昌浩のときは昌の字をお父さんの和昌《かずまさ》から取ったので、次の子供は長男と浩の字がお揃いで、お母さんの美が入る浩美にしようと決めていたらしい。

ヒロミなら男の子でも女の子でも使える名前だから、どっちが生まれても大丈夫――と性別が分かる前からご満悦だったらしいが、

「男の子だったら明浩《あきひろ》とか浩明《ひろあき》でもよかったかもね～」

きししと笑うお母さんに、お父さんはますます泣きべそ顔になってしまった。

「せめて美浩《よしひろ》にしとけばよかったかなぁ」

「うそうそ」

お母さんはしょげるお父さんの頭をなでた。

「両親の名前からそれぞれ二字目を取って、兄弟で浩がお揃い・しりとり。家族の名付けの法則が見えやすいもの、いい名前だと思うわよ」

「よくないっ！」

せっかくのお母さんの執り成しも浩美が叩き潰してしまう。

「ぼく、浩太の名前のほうがよかった！　浩太と取りかえっこする！」

急に自分にお鉢が回ってきたので浩太は面食らった。喧嘩に巻き込まれるのはまっぴらごめんだ。

「浩太だったら男の子の名前だもん。お母さんだってぼくが生まれたとき浩太ってつけるつもりだったんでしょ」

お父さんはとうとうしょんぼりして部屋を出て行ってしまった。

「あーあ、お父さんかわいそう」

昌浩が聞こえよがしに言うと、浩美は少し気持ちが怯んだようだったが、昌浩はその後の一手を間違えた。

「浩美、悪い子だなー」

「悪くないっ！」

あっという間に意固地が逆戻りだ。

「浩太と名前取りかえる！」

「だーめ」

お母さんは一向に取り合わない。

「六年も浩太の名前だったのに、急に変わったら浩太だって困るでしょ」

「困んないよ。浩太、猫だし」

「猫だからこっちの勝手にしていいなんて子、お母さんきらいよ」

お母さんの「きらい」はこたえたらしい、浩美はむっつり黙り込んだ。浩太が下から覗き込むとぷいと目を逸らして、ちょっぴり涙ぐんでいるようだ。

お母さんもちょっと言いすぎたと思ったのか、浩美をよしよしと抱っこした。

「浩太は浩太って呼ばれて六年間かわいがられてきたんだから。みんなの愛情が詰まった名前を取り上げたらかわいそうでしょう」

浩美は今ひとつ要領を得ていない顔だ。

「浩美の名前だって、家族みんなの六年分の愛情が詰まってるのよ？　浩美はお母さんの愛情も捨てちゃうの？」

えーんえーんと嘘泣きをしたお母さんはとんだ大根だったが、浩美は「ちがう！」と大慌てだ。

浩美は完全に納得したわけではなかったようだが、とにかくお母さんを泣かせてはいけないと思ったのか、しぶしぶ聞き分けた。

まったく、たかが名前一つで大騒ぎだね、人間は。浩太が肩をすくめると、ダイアナが心得ている様子で笑った。

人間にとっては名前ってとても大事なことなのよ。わたしの名前をつけるときだってお父さんとお母さんは大騒ぎだったんだから。

ダイアナが桜庭家の猫になったのは、昌浩が生まれるよりも前の話だという。

そのときもお父さんとお母さんはじゃんけんしたのよ。

ダイアナというのは、お母さんが好きな『赤毛のアン』という本に出てくる登場人物の名前だ。

それに対してお父さんは別の名前を推していた。

フラマ？　おかしな名前だね。

お父さんとお母さんが新婚旅行で泊まった外国のホテルの名前なんですって。

お父さんがダイアナをもらってきたのは、ちょうど新婚旅行から帰ってきてまもない頃だったそうだ。

新婚旅行の思い出を猫の名前に残したかったらしいが、お母さんのほうはそのホテルで部屋の鍵を置き忘れて閉め出されてしまったことが一番印象に残っていたようで、そんな思い出を残すのはイヤだとダイアナを推したという。

昔からお父さんはロマンチストなのよね。

次男の名前に長男のときの自分と同じ形で奥さんの字を入れたい、というのは確かになかなか甘ったるい。

お父さんはその晩、浩美の部屋にやってきて、ものすごく悲壮な決意を固めた顔で口を開いた。

「あのな、浩美。今すぐ名前を変えることはできないけど、大人になって浩美がまだ自分の名前がイヤだったら、裁判所に届け出て許可が出たら変えることができるんだって。だから、今すぐには無理だけど、大人になってからもう一度考えないか?」

浩美のベッドの足元に寝ていた浩太は、鼻先で浩美の足の裏をつんつんつついた。

ほらほら、起きてるんでしょ。名前、変えなくていいよって言ってやりなよ。

お友達にからかわれるくらい大したことないってほんとは分かってるんでしょ。

浩美は浩太の頭を爪先でうるさそうに押しのけたので起きているはずだが、お父さんには寝たふりを決め込んでいた。

そんな名前騒動がぱたりと収まったのは、夏休みに遊びにきたいとこのさつきちゃんのおかげだ。

その年、中学一年生だったさつきちゃんは美人で優しくて、桜庭家の子供たちはさつきちゃんのことが大好きだった。

昌浩と浩美は当然のようにさつきちゃんの取り合いになって、何かにつけて張り合った。いいところを見せようと張り合っているうち、たまに喧嘩になってしまう。

一体何の拍子だったか、そのときは浩美が名前についてずっと駄々を捏ねていることを昌浩があげつらった。

「何だよ、先生に浩美ちゃんて呼ばれたくらいでうじうじしてるくせに」

決まりの悪さで浩美の顔は真っ赤になった。昌浩にぽかぽか殴りかかり、昌浩も負けるものかと受けて立ち、あっというまに取っ組み合いになってしまった。

仲裁にやってきたさつきちゃんは、口々に自分の言い分を訴える子供たちの話を順番に聞いて、不思議そうに浩美に尋ねた。

「浩美くんは自分の名前がきらいなの?」

だって、と浩美は歯切れ悪く俯いた。

「女の子の名前だって笑われるから」

「わたしは浩美って名前、好きだけどなぁ」

そしてさつきちゃんははにかんだように笑った。

「わたしが幼稚園のとき初めて好きになった男の子も、ヒロミって名前だったんだ。字は違うんだけど」

九回裏逆転満塁サヨナラホームラン! ——という勢いで浩美には効果的な言葉だったらしい。

さつきちゃんが初恋のヒロミくんのことを、とてもかっこよくて素敵な男の子だったと話したからなおさらだ。

「たまたまおんなじ名前だっただけだからな！　別に、さつきちゃんの好きな人が浩美ってわけじゃないんだぞ！」

昌浩が何度も水を差したが、そんなことは何のその、浩美は上機嫌だった。

「助かったわぁ」

お母さんが苦笑しながらさつきちゃんを拝んだ。

「お友達にからかわれたのがよっぽどイヤだったみたいで、けっこう引きずっちゃってたのよ。お父さんはしょげちゃうし」

「じゃあ、お父さんにもごめんねって言わなきゃね」

さつきちゃんに諭されて、浩美は気まずかったのか「また今度」とごまかして逃げてしまった。だが、浩美が名前のことでご機嫌ななめになることはなくなった。浩太と名前を取りかえたい、と言い出すことも。

新学期が始まってから、友達にからかわれることもなくなったらしい。要するに浩美がむきになるからみんな面白がっていただけで、浩美が頓着しなくなるとからかわれることもなくなったようだ。

さつきちゃんは浩美に自分の名前が素敵だと教えてくれた恩人ということになる。――ずっとしょんぼりしていたお父さんにとっても。

そんなさつきちゃんが浩太にとっても恩人になったのは、翌年の夏休みのことだった。

翌年の浩美の夏休みは、とてもブルーな状態で始まった。

学校で飼っていたウサギが夏休み前に亡くなったのだ。ちょうど、浩美のクラスに世話をする順番が回ってきていたときだった。

日直が餌にする野菜を持ってくることになっていて、浩美も張り切ってニンジンやキャベツを持っていっていた。小屋の掃除もみんなが先を争うようにやっていたという。

そんなふうにかわいがっていたウサギが、ある朝ぱたりと事切れて冷たくなっていた。学校中がその死を悲しんだが、ちょうど世話をしていた浩美のクラスの悲しみはことに深かった。

「お母さん、寿命って何?」

ある日、学校から帰ってきた浩美がそう尋ねた。

自分たちが世話を失敗したのじゃないかと反省会まで開こうとした子供たちに、担任の先生はウサギの死因を寿命だと説明したらしい。

年を取って寿命だったんだから、誰のせいでもありません。

浩美は自分たちのせいじゃないと安心するより、寿命で死ぬというのはどういうことかと気になったらしい。

お母さんが説明に苦慮していると、反抗期に差しかかった昌浩が意地悪な口調で横入りした。

「寿命は寿命だよ。寿命が来たらみんな死んじゃうんだ、知らないのか?」

そんな昌浩もそのことを気に病んで眠れなくなっていたのはつい最近だ。お父さんとお母さんもいつか死んじゃうの、と夜中にお母さんにしがみついてしくしく泣いていた。

自分が苦悩した分、いばりたかったのかもしれない。

「ウサギだけじゃないぞ、浩太もダイアナもそのうち死んじゃうんだ。それに……」

「昌浩！」

お母さんは怒って昌浩を追い立てた。お父さんやお母さんも——と続ける前に部屋から出してしまいたかったのだろう。

だが、浩美にとっては浩太やダイアナがウサギと同じように死んでしまうというだけでも充分すぎる衝撃だったらしい。

「いやだ！」

浩美は火が点いたように泣き出した。まるで赤ん坊の頃のような泣き方だった。

「浩太、死んじゃったらいやだ！　ダイアナも！」

浩太を先に呼んだのは、ダイアナのほうがかわいくなかったわけじゃない。浩美と浩太は特別に仲がいいからだ。

ほとんど同じ頃に生まれてずっと一緒だった。赤ん坊の頃は毎日添い寝をしてやった。ごはんを食べるのも付き添ってやった。

猫と人間だけど、兄弟みたいなものだった。兄弟みたいな猫が死んでしまうんだぞといきなり突きつけられて、泣き出さない子供なんかいるわけがない。

いくら何でもこればっかりは昌浩は意地悪が過ぎるんじゃないか、と浩太は不機嫌にしっぽの先をぱたぱたさせた。

「大丈夫よ、浩太もダイアナもまだまだ元気で長生きするわよ」

お母さんは浩美を一生懸命なぐさめて、浩美もそのうち泣き疲れたように泣きやんだ。

だが、浩太やダイアナがいつか死んでしまうということに解決がついたわけではない。浩美はすっかり落ち込んでしまい、落ち込んだままで夏休みに突入した。

眠っているときもほっぺたにすうっと涙が流れることがある。浩太は夜中のパトロールで何回その涙を舐めてやったかしれない。

ねえ、ダイアナ。

浩太は夜中のリビングでダイアナに問いかけた。

ぼくたち、浩美より長生きできないのかな？

浩美より一日長生きできればいい。それだけで浩美の悩みは解決だ。

残念だけど難しいんじゃないかしら——とダイアナは答えた。

人間って長生きしたら百年近く生きるのよ。猫がそんなに長生きしたなんて話は聞いたことがないわ。

何とかならないのかな。あんなにしょんぼりしてる浩美は見ていられないよ。

二匹の猫が胸を痛めていた夏休みの初め、さつきちゃんはまたやってきた。

大好きなさつきちゃんがやってきて浩美は元気を取り戻したようだったが、それでもときどき表情が悲しげに曇る。重たい溜息が漏れる。

さつきちゃんが二人の宿題を見てくれていたときだった。

また浩美が重たい溜息をついた。宿題にも身が入っていないようだった。

「どうしたの？」

さつきちゃんは一言そう訊いただけだったが、浩美の目からは涙が溢れた。去年、担任の先生に女の子みたいと言われた長いまつげを滴って落ちる。

浩美は夏休み前に学校のウサギが亡くなった話をした。昌浩が居心地悪そうに身じろぎする。だが、浩美はとても男らしかった。昌浩が意地悪だったことには一言も触れなかった。

「浩太とダイアナもいつか死んじゃうんでしょう？」

「そうねぇ……」

さつきちゃんは困ったように小首を傾げた。中学二年生の手には余る相談である。

「でも、浩太とダイアナは猫だから」

猫だから何だ？　浩太はさつきちゃんの言葉に思わず身を乗り出した。ダイアナも同じ反応だ。

「猫って、十年生きると化けるんだって。……あれ、二十年だったかな」

どっちだったっけ、とさつきちゃんは考え込んで、途中で諦めた。

「とにかく、人間に飼われて長生きすると化けるんだって」

「知ってる」

ぼそっと口を挟んだのは昌浩だ。

「猫又になるんだ。しっぽが二叉に割れるんだ」

そうそう、それ、とさつきちゃんが我が意を得たりと頷く。

浩美が半信半疑の様子で尋ねた。

「猫又になったら死なない？」

「死なないんじゃないかな、だって妖怪だもん。妖怪が死ぬなんて聞いたことないし」

真っ暗闇に光明を見つけたように、浩美の表情が明るくなった。

「浩太とダイアナ、猫又になるかな⁉」

「ダイアナがもう十四歳でしょ？　長生きしてるほうだと思うし、可能性はあるかもよ」

ね、とさつきちゃんは昌浩に同意を求めた。ドリルに向かっていた昌浩は何も言わなかった。妖怪なんているわけないだろ、とも言わなかった。

「やったぁ！」

浩美は歓声を上げた。久しぶりに心からの笑顔だった。


後は浩太とダイアナが猫又になれば万事解決だ。

猫又には一体どうやったらなれるのか。長生きしただけで自然になれるものなのか。

やっぱり何か手続きがいるんじゃない？　――というのがダイアナの意見だった。

人間は何か変わったことがあると必ずお役所で手続きをするのよ。生まれたときも死ぬときも結婚するときも。昌浩と浩美が生まれたときも、名前をお役所に届けてたわ。浩太は子猫だったから覚えてないかもしれないけど。

そういえば、と浩太も思い出した。去年、浩美が名前を変えたいと駄々を捏ねていた頃のことだ。

名前を変えるには裁判所に届け出をしないといけない、とお父さんが言っていた。

きっとそうだよ、猫が猫又になるときもお役所か裁判所に届け出をするんだ。――でも、届け出とか手続きとかいうものは、具体的には一体どういうものなのだろう？

きっと書類よ。

ダイアナは自信たっぷりにそう言った。

昌浩と浩美の名前をお役所に届けるときも、お父さんとお母さんが書類を書いてたもの。必要なことを書き込んで、はんこを押すのよ。

どうしよう、ぼくたち字が書けないよ。

はんこなら猫でも押せるんじゃないかしら。

でも、猫用のはんこはどこで手に入るのかな。

——それは長期的な難題になった。

そして、ダイアナはとうとうはんこが間に合わなかった。

＊

「ただいまー」

大学から帰ってきた浩美に、「ちょうどよかった」とお母さんが台所から声をかけた。

「買い物に行ってきてくれる？」

鞄をリビングのソファに下ろした浩美は、さすがにちょっとうんざりした顔をした。

「帰る前に電話かメールかくれたらいいのに」

「だって今買い忘れに気がついたんだもの」

「はいはい、それで何が要るの」

何だかんだと言いつつ、浩美がお母さんのこういうお願いを聞かなかったことはない。

「かにかま」

ああ、と浩美は納得した様子になった。

「今日、命日か」

「そう。お仏壇に供えてあげないと」

かにかまはダイアナの好物だった。亡くなったのは浩美が小学校四年生のときである。

きりきり寒い冬の半ば、ほっと一息ついたような暖かな日和の日に旅立った。

「もう十年かぁ」

「長生きしてくれたわね、十六歳だったもの」

「猫又まであと一歩だったのに」

浩美とお母さんは顔を見合わせてくすくす笑った。——おっと、久しぶりに猫又の話題が出たね？

まだまだ、我が家にはぼくがいますよ。

浩太が浩美の背中を駆け上がると、浩美は「いてて」と首をすくめた。そのすくめた首に四肢をしっかと踏みしめる。

「駄目だよ、買い物行くんだから」

抱えて下ろそうとする浩美の手をかわして、ひらりと華麗に着地。浩美の膝に頭をすりすりとこすりつけると、浩美が笑いながら浩太の喉を掻いた。

「お前はもう二十一歳か。化けてくれたらいいんだけどな」

任せておきなよ。ダイアナは間に合わなかったけど、ぼくははんこを見つけたからね。

浩美が財布だけ持ってリビングを出ようとすると、「ついでに」とお母さんの声が追いかけた。

お母さんは何かと出がけのついでが多い。

「クリーニング屋さんでスーツ取ってきて。もう出来上がってるから」

「あ、出しといてくれたんだ。ありがとう」

浩美は大学で就職活動が本格的になり、お父さんみたいにスーツで出かけることも多くなった。

「急いでね、お父さんが帰ってきたらすぐごはんにするから」

「注文の多い料理店だなぁ」

浩美が笑って玄関に向かう。浩太もくっついていって見送った。

間違えないでよ、ダイアナのかにかまは減塩のやつだよ。

「浩太も何かほしいのか？」

よしよしと浩太の頭をなでて出かけた浩美は、浩太にはチーズ鱈を買ってきてくれた。

＊

生まれつき異常があったほうの目が濁り、ダイアナはあっという間に片目を失った。

残った目もどんどん悪くなり、ぼやけた視界で動き回るのが恐いのか、トイレとごはん以外はほとんど動かなくなった。

そうすると食欲も落ちてきて、艶《つや》やかだった毛並みもばさばさになってしまった。——まるで年老いた猫のように。

獣医さんに寿命ですねと言われたらしい。

残念だけど、わたしは猫又になれないみたいだわ。

すっかりよぼよぼしてしまったダイアナは、残念そうにそう呟いた。——猫用のはんこがどこで手に入るかはまだ分かっていない。

浩太は余計な気休めを言わなかった。ダイアナの生きる時間は尽きた。

ダイアナは猫又になれる猫ではなかった。ただそれだけのことだ。

猫は訪れる摂理に逆らわない。

浩美はたくさん泣くかしら。

大丈夫だよ、ぼくがついてる。

よろしくね。

冬が厳しい年だった。きりきり冷え込む寒さが中休みのように緩んだ日和だった。

ダイアナはみんなに看取られて静かに息を引き取った。

浩太は猫又になれるといいわね。

最後にそう言い残して旅立った。

浩美はたくさん泣いて、丸一日ごはんを食べなかったが、次の日にはその分を取り返すようにたくさん食べた。

ごはんをたくさん食べて、よく眠ったら大丈夫だ。

よく食べて一日眠るごとに浩美はどんどん大きくなる。

大きくなって、丈夫になって、受け止められる悲しみの量が少しずつ増えていく。

ダイアナがいないことに気づいても涙ぐまなくなった。ダイアナがいなくてもちゃんと笑えるようになった。

だけど、ときどき眠りながら泣いている。

浩太はこっそりそのしょっぱい涙を舐めてやる。

大丈夫だよ、ぼくがついてる。猫又になって浩美を看取ってやるからね。

それはダイアナが遺した願いでもある。

はんこ、はんこ、猫のはんこ。猫又の手続きに使う猫のはんこはどこにある。

——それは、呆気なく見つかった。


「すみません、はんこください」

宅急便のお兄さんの決まり文句だ。

お母さんは宅急便用のはんこを玄関に置いてあり、お兄さんの出す伝票にはんこを押して荷物を受け取る。

だが、その日は玄関のはんこがどこかに行ってしまって見つからなかった。

お母さんはお兄さんにこう尋ねた。

「拇印でいいかしら?」

「いいですよ」

お母さんは自分の人差し指に朱肉をつけて、お兄さんの伝票にぺたりと押した。

一部始終を浩太は見ていた。

何ということでしょう、青い鳥は自分の家にいたのです。

猫のはんこも生まれつき自分の手のひらに備わっていたのだ。

そうとなったら後は練習あるのみだ。お母さんはときどきはんこを押すのを失敗して、宅急便の伝票に押し直しをしている。

そんなことにならないように、上手に拇印を押せるようにならなくては――

それから浩太は拇印の練習に精を出した。

お母さんが朱肉を出しっぱなしにしていたらもちろん飛んで行き、年末にお父さんが年賀状のスタンプを押しているときも真っ白いハガキの上にぺたぺた押した。

「浩太!」

お父さんは悲鳴を上げたが、お母さんが「梅の花にしちゃえばいいわよ」と筆ペンでささっと枝を描き足してごまかした。

宿題の絵を描いていた浩美の絵の具、こぼれたケチャップ、赤くないけど小皿に残った醬油も練習用なら充分だ。

後は書類を待つだけだ。

きっとそのうち、郵便を仕分けているお母さんが「これは浩太の分よ」と届いた書類を渡してくれるに違いない。

*

浩美は長い就職活動の結果、希望していた旅行会社に就職を決めた。

大学のとき、サークルの旅行で幹事役を務めたのが思いのほか楽しかったらしい。

内定が来た日に家族でお祝いをして、ダイアナの遺影にも命日じゃないけどかにかまが出た。浩太にはささみジャーキーだ。

昌浩はその日は来なかったが、次に奥さんと来たとき、就職祝いにとネクタイを持ってきた。

もちろんお父さんとお母さんもそれぞれ就職祝いをあげていた。お父さんは腕時計、お母さんは輪っかに縫った布だった。

お母さんからのプレゼントに、浩美は怪訝な顔をした。

「何、これ」

「スリング。こうやって使うのよ」

お母さんは布を斜めがけして、袋になった中に浩太を入れた。

「ホントは赤ちゃんを入れるのよ。でも猫も入るから。これなら両手が空くでしょう」

「なるほどね」

食事時はいつも浩太が膝に乗ってやるので、浩美は片手でごはんを食べている。

「便利だけど……これ、俺のお祝い？　浩太じゃなくて？」

「ずっと何とかしてあげようと思ってたのよ。ちょうどこれを見つけたから」

「まあ、いいけどさ」

浩美はごはんのとき、スリングに浩太を入れて抱っこするようになった。

「しかしまあ、おかしな猫だなぁ。登り猫で、画伯猫で、老いては抱っこ猫か」

そう言ったお父さんに、お母さんもふざけるように言葉を重ねた。

「そのうち二本の足で立って歩き出すかもね」

「いよいよ化け猫じゃん」

笑った浩美がスリングの中の浩太をなでた。

「頑張って猫又になれよ」

猫又のことを教えてくれたさつきちゃんは、今でもときどき電話をくれる。地元の会社に就職して、もう後輩を教える立場らしい。

やがて冬が来て、ダイアナの命日がまた過ぎて、春が来た。

浩美もスーツを着て会社に通うようになった。

「行ってきます！」

出かけようとした浩美をお母さんが呼び止めた。

「剃り残し」

言いながら自分の顎をちょんと叩く。浩美は洗面所に駆け込んで電気シェーバーを取り上げた。

おっと、背中ががら空き。

駆け上がろうとお尻を振ると、寸前で気づいた浩美が慌ててよけた。ジャンプは不発。

「駄目だよ、スーツなんだから。破れたら一大事だぞ」

新調したスーツは、今まで着ていたシャツやトレーナーとはわけが違うらしい。

ちぇっ、と今回は見送りだ。でも、三回に二回は隙を衝いて登りおおせる。

そのうちに浩美もスーツを登られることに慣れてしまい、浩太をスーツの肩に乗っけたままで髭を剃るようになった。

「お母さん、明日トンカツ作ってよ」

ある日、会社から帰ってきた浩美がお母さんにそう頼んだ。浩美が社会人半年目を迎えた秋のことだ。

「あら、なぁに？　試験でもあるの？」

好き嫌いがなく何でもよく食べる浩美は、あまりごはんに注文をつけない。リクエストが出るのは、大事な試験の前日に験《げん》を担いでトンカツくらいだ。

でも、もう学校は卒業したのに。浩太が首を傾げると、浩美は種明かしをした。

「うん、仕事の資格の試験があるんだ」

そういえば、最近は大学の試験の時期みたいに夜中にガリガリ勉強していた。

お母さんは腕によりをかけてトンカツを作った。お皿に残ったとんかつソースで浩太が拇印を押そうとすると、「止めて止めて」とお母さんが悲鳴を上げて、お父さんと浩美と二人がかりで阻止された。

そして浩美は翌朝、意気揚々と試験に出かけた。

それから一ヶ月ほどして、郵便を仕分けていたお母さんが「あらっ」と声を上げた。

「これ、合格通知じゃないかしら」

お母さんはそわそわと浩美の帰りを待ち、浩美に精一杯さりげなく通知を渡した。

浩美が緊張した面持ちで封書を開く。

お母さんのトンカツが効いたのか、浩美の努力の成果か、結果は見事に合格だった。

わぁっとはしゃぐ親子を尻目に、浩太は通知書類をふんふん嗅いだ。——この書類ははんこは押さないの？

「どうしたの、浩太。読むのか？」

いえいえ、ぼくの書類はなかなか来ないなと思っていただけですよ。——だが、浩太が興味を持っていると勘違いしたのか、浩美は書類の内容を説明してくれた。

「この資格を持ってたら、海外旅行の添乗員ができるようになるんだよ」

「最初の添乗はいつになるの？」

お母さんが問いかけたが、浩美は「さあ」と首を傾げた。

「早い人は一年目でも添乗するみたいだけど」

どこになるのか、いつになるのか、浩美は楽しみに待っているようだった。

冬が来て、ダイアナの命日が過ぎて、もうすぐ春。

そんなある日のことだった。


浩美が洗面所で髭を剃っていた。

おっと、背中ががら空き。

ジャンプで飛びつき、一気に駆け登ろうとして、——あれれ。

気がつくと、ぼてっと背中から落ちていた。振り向いた浩美が驚いたように見下ろしている。

失敗失敗、今日はちょっと調子が悪いみたい——決まりの悪さでそそくさと退散する。

しかし、その日を境に、浩太が浩美の背中を駆け登ることはもうなくなった。何度挑戦しても登りきらずに止まってしまう。

それだけではなく、テーブルにも一息には登れなくなった。一回椅子に飛び乗って中継しないといけなくなった。

どうやらダイアナを捕まえていった老いが、浩太も捕まえにきたらしい。

おやおや、これは——ちょっと油断してたぞ、だってさつきちゃんは二十年も生きたら化けるって言ってたから。

浩太は二十三歳になっていた。次の梅雨が来たら二十四歳だ。

ここまで生きたのだから、てっきりこのまま猫又になれるものだと思っていた。

浩太の書類はもう届かない。

あーあ、せっかく拇印もたくさん練習したのに。

もうすぐ春。冬将軍と春風がせめぎ合い、気温はなかなか定まらない。

三寒四温のそんな頃、うっかり風邪を引き込んだ。目の瞬膜がでろんと出てしまい、お母さんが慌てて病院に連れていった。

獣医さんは点滴を打ってくれたが、風邪は長引いて浩太の体力をごっそり削った。——もう分かる。

もう長くない。

そんな折に、——浩美の初めてのツアーが決まった。

「どこになったの？」

「フランス。モン・サン・ミシェルを回るコースだって」

「よかったじゃない、前から観たがってたものね」

お母さんは明るい声を出したが、少々演技が見え透いている。

「観たかったけどさ。……どうしてこんなときに」

「仕方がないわよ、猫が心配なので行けませんなんて言ったらクビになっちゃうわ」

お母さんはスポイトで浩太の口の端から水薬を流し込んだ。最初は嫌がって暴れたものだが、もうされるがままだ。

だって、無駄に暴れたら残り時間がどんどん減ってしまう。

「大丈夫よ、たった一週間じゃない。きっと待っててくれるわよ」

そんなことを言いながら、お母さん自身もそれを信じてはいない。

誰も信じていないけど、ぼくはぼくを信じよう。

ぼくは浩美が帰ってくるまで待っていられる。

さあ、行っておいで。二十三年も生きた猫がたったあと一週間くらい待てないことがあるものか。

浩美はまるで今生の別れのように浩太の毛羽立った毛並みを長いことなでて、それからツアーに旅立った。

電話は毎日かかってきた。朝となく、夜となく。

時には明け方が近いような時刻に電話のベルが鳴ることもあったが、お母さんはたったの一度もうるさそうな声を出さなかった。

「大丈夫よ、お薬もちゃんと飲んでくれてるわ」

離れて暮らしている昌浩も一度様子を見に帰ってきた。

「もうこれが最後だろうな」

名残を惜しむように真夜中までいて、車を運転して帰っていった。

一晩。二晩。……今日で何日、

ずっとずっと穏やかな眠気が波のように寄せている。

この波に呑まれたら、きっともう目を覚まさない。

恐くはないよ、だってダイアナも行ったところだからね。

いつか誰もが行くからね。お父さんも、お母さんも、昌浩も、――そして浩美も。

ああ、でも、浩美を看取ってやれないことは残念だよ。せっかくさつきちゃんが猫又のことを教えてくれたのに。

拇印も上手に押せるようになったのに。

たった一日、浩美よりも長生きできたらそれでよかった。

でも、浩美はもうすっかり大きくなった。大きくなって、丈夫になって、背も家族の中で一番高くなった。もう浩太が登れないくらい。

だからきっと大丈夫。

大きくなって、丈夫になった体で、受け止められる悲しみの量もずいぶん増えたはずだ。

とろとろと眠気の波が寄せる。

ふと大きな手が頭をなでた。喉を指先がくすぐった。そのまま耳の後ろを掻く。

喉が勝手に鳴りだした。

やめてくれよ、そんなに気持ちよくしたら眠っちゃうだろ。もう目覚めることができないのに。

浩太、と浩美の声が呼んだ気がした。

浩美。

浩美。浩美。ひろみ。

いい名前だよ。友達にからかわれるくらい些細なことだよ。

昌浩の昌はお父さんから取って、浩美の美はお母さんから。昌浩と浩がお揃いで、しりとりで。

ぼくの名前とも浩がお揃い。

こんなに家族でしっかり繋がってる名前なんて他にないよ。

だから、お父さんにいい名前だよって言ってあげなね——

＊

空港には父が車で迎えに来ていた。

高速を使って家まで一時間。

「行きなさい」

父がそう言ってくれたので、ガレージ前で車を降りて走った。

玄関の鍵は開いていた。靴を脱ぎ捨てるように上がった。

リビングの一番暖かないい場所に浩太の寝床を作ってあった。

母が泣き腫らした目で付き添っていた。

「……まだ？」

母が頷いた。――まだ生きてる。

慄くようにそっと近づき、膝を突き、サバトラ模様の小さな頭をなでた。

喉をくすぐり、耳の後ろを掻いた。

浩太の喉が鳴りだした。――生きている。

「浩太」

呼んだ声はかすれた。浩太もかすれた声でか細く鳴いた。

家族で代わる代わる、ずっとずっとなでていると、浩太の喉も応えるみたいにときどき鳴った。

明け方近く、鳴っていた喉がふと途絶えた。

ああ、眠ったのだと思った。――眠りについて、喉は二度と鳴りださなかった。

何故だか悲しくなかった。

ただありがとうと思った。

「浩美を待っててくれたのね」

母の声は穏やかだった。

「浩美の初めてのお仕事が悲しい思い出にならないように」

父が笑った。

「登り猫で、画伯猫で、抱っこ猫で、今際《いまわ》のきわは気遣いの猫か。多芸多才だったなぁ」

「お父さん」

どうしてそのときだったのか分からない。だが、突き動かされるように言葉が漏れた。

「俺の名前、いい名前だね」

「何だ、急に」

「いい名前だと思って」

まだ温もりの残っている浩太の体をそっとなでる。

「俺、生まれ変わってもお父さんとお母さんの子供になれたらいいな。そんでまた浩美って名前をつけてもらって、浩太を飼えたらいいな」

昌浩が抜けてるわよ、とお母さんが混ぜっ返す。

「兄貴は頼んできたら兄貴にしてやってもいいや」

兄もきっと、頼んできたら弟にしてやると言うだろう。

「だから、また兄貴に昌浩ってつけて、俺に浩美ってつけてよ」

「ああ、まあ、いいけど……」

何で今そんなことを言い出したのかと父は怪訝な顔のままだった。

fin.

「ハチジカン～旅猫リポート外伝～」(「別冊文藝春秋」２０１２年７月号)
「こぼれたび～旅猫リポート外伝～」(「旅猫リポート副読本―スカイロケット第１回公演『旅猫リポート』プログラム」)
「猫の島」(『ニャンニャンにゃんそろじー』収録)
「トムめ」(『Day to Day』収録)
「シュレーディンガーの猫」(「小説現代２０２１年５・６月合併号」)
「粉飾決算」(書き下ろし)
「みとりねこ」(「BRUTUS」２０１２年12月15日号)

有川ひろ（ありかわ・ひろ）
高知県生まれ。2004年『塩の街 wish on my precious』で「電撃ゲーム小説大賞」を受賞しデビュー。同作と『空の中』『海の底』の「自衛隊三部作」、「図書館戦争」シリーズ、「三匹のおっさん」シリーズをはじめ、『阪急電車』『植物図鑑』『県庁おもてなし課』『空飛ぶ広報室』『旅猫リポート』『だれもが知ってる小さな国』『アンマーとぼくら』など著書多数。2019年に「有川浩」より「有川ひろ」に改名、以降の著書に「倒れるときは前のめり」シリーズ、『イマジン？』がある。

みとりねこ

第1刷発行　2021年8月11日

著者　有川《ありかわ》ひろ
発行者　鈴木章一
発行所　株式会社講談社
東京都文京区音羽2-12-21
郵便番号　112-8001
電話　出版　03-5395-3505
販売　03-5395-5817
業務　03-5395-3615

印刷所／豊国印刷株式会社
製本所／株式会社若林製本工場

N. D. C. 913 264p 19cm
ISBN 978-4-06-524130-1

KODANSHA

旅猫リポート

講談社文庫　定価：704円（本体640円）

野良猫のナナは、瀕死の自分を助けてくれたサトルと暮らし始めた。それから五年が経ち、ある事情からサトルはナナを手離すことに。『僕の猫をもらってくれませんか？』一人と一匹は銀色のワゴンで〝最後の旅〟に出る。懐かしい人々や美しい風景に出会ううちに明かされる、サトルの秘密とは。永遠の絆を描くロードノベル。

絵本「旅猫リポート」

文：有川浩（有川ひろ）　絵：村上勉

講談社　定価：1320円（本体1200円）

当代きってのストーリーテラー・有川浩が、「コロボックル」シリーズの画家・村上勉の絵とともに届ける、初めての絵本。心優しい青年とかぎしっぽの猫は、二人で最後の旅に出る。家族で楽しみ、語り継ぎたい物語を、112ページの上製本（ハードカバー）に閉じ込めました。総ふりがな付き、読み聞かせにも！

コロボックル絵物語

作：有川浩（有川ひろ）　絵：村上勉

講談社　定価：1320円（本体1200円）

『だれも知らない小さな国』をはじめとした「コロボックル物語」（全6巻）を書いた佐藤さとるから直接バトンを渡されたのは、稀代のストーリーテラー・有川浩。長編のコロボックル物語の前に、佐藤さとる版コロボックルから有川浩版コロボックルへの橋渡しとなる絵物語ができました。コロボックルファンはもちろん、物語を愛するすべての人に贈る絵物語。

だれもが知ってる小さな国

作：有川浩（有川ひろ）　絵：村上勉

講談社　定価：1540円（本体1400円）

ヒコは「はち屋」の子供。みつばちを養ってはちみつをとり、そのはちみつを売って暮らしている。お父さん、お母さん、そしてみつばちたちと一緒に、全国を転々とする小学生だ。あるとき採蜜を終えたヒコは、巣箱の置いてある草地から、車をとめた道へと向かっていた。「トマレ！」鋭い声がヒコの耳を打ち、反射的に足をとめたヒコの前に、大きなマムシが現れた——。本文は村上勉の挿画がふんだんに入った、豪華2色印刷。